W0366223

André Tardivel

# Dommage...
# Tu as mal tourné !

Les points sur les i

Dommage… Tu as mal tourné !
Droits réservés

ISBN 978-2 -35930-058-1
Les points sur les i éditeurs
67 rue Saint-Jacques
75 005 Paris

www.i-editions.com

A Claude, mon frère de lutte, dont la vie fut un combat pour un monde meilleur.

A Pierrette, Chantal, Michèle et à toutes les femmes qui luttent pour leur dignité.

A mes enfants et petits-enfants chéris.

# Préface

L'avenir n'est pas écrit.

Au lendemain de la guerre 1940-45, la vie est rude à la ferme bretonne de la famille Tardivel. Le travail y tient une grande place. Les traditions religieuses aussi.
André grandit dans cet environnement porteur et rien ne semble le prédisposer aux bouleversements qu'il connaîtra plus tard. Il ne reproduira pas le modèle familial aux valeurs bien trempées. Un parcours qui surprend !
Que s'est-il passé? André prend le risque d'être lui-même. A l'école de la vie, les évènements le bousculent, faisant de lui un citoyen engagé et au fil des années, un observateur avisé de la société.
Il découvre la grande entreprise et les luttes syndicales. Très vite, il va connaître la révolte face aux licenciements, aux fermetures d'usines, à la perte des acquis sociaux. Le capitalisme sauvage traite les humains comme une marchandise dont on se débarrasse au moment voulu. Ils sont jetables comme un Kleenex. Comment ne pas s'indigner contre les prédateurs financiers !
Syndicaliste de la CGT, militant communiste, André se donne à fond dans la défense des salariés faisant la dure expérience de ce qu'est la lutte des classes au quotidien.
Il prend conscience aussi des dangers que court la planète. Nous sommes sur le Titanic. Il est urgent de changer de direction avant de connaître la catastrophe.

La nature peut vivre sans nous. Mais nous ne pouvons pas vivre sans elle.
La lutte appelle la fête. Quand la vie est dure, on a besoin de se réjouir ensemble pour continuer la lutte.
Les combats menés contre l'injustice ne sont jamais vains. Ils préparent l'avenir, l'avenir d'un monde plus juste et plus humain.
Merci André d'avoir eu le courage de l'avenir, en ayant un engagement humaniste, pour l'humanité.
Le seul combat qui vaille, c'est celui de l'être humain.

Jacques Gaillot
Paris, le 1er novembre 2011

# 1ère Partie

## La famille

C'est après 1975 que commencent les recherches généalogiques des Tardivel, de Marsac-sur-Don, en Loire-Atlantique. En 1979, les trois générations se réunissent chez les cousins Houssais au village de la Herbretais. Nous sommes 222, mais pas au complet.
Pour mener à bien les recherches généalogiques, je consultai les registres d'État civil de la commune jusqu'en 1770.
Rechercher les traces de ses ancêtres est toujours passionnant dès lors que l'on s'intéresse à l'histoire et à la place des hommes dans la société.
La persévérance d'une cousine, Marie, permit de trouver trace d'un ancêtre en 1600, époque d'Henry IV et de Sully (la poule au pot).
Le royaume compte moins de vingt millions d'habitants dont quinze sont paysans, artisans, ouvriers, répartis en quatre grandes classes sociales : les seigneurs, les gros fermiers, les laboureurs et les journaliers.
L'espérance de vie des laboureurs et des journaliers est d'environ trente ans, sachant que la famine fait des ravages. Deux siècles et demi plus tard, au moment où Victor Hugo écrit les misérables (1862), les enfants de huit ans travaillent dans les manufactures quinze heures par jour, six jours par semaine… toute l'année !

Autant que l'on sache, mes arrières grands-pères nés en 1805 et 1848 sont paysans : petits propriétaires ou locataires ?

Mon grand-père paternel, âgé de neuf ans à la mort de sa mère (1872), connaît une enfance difficile. Il ne mange pas tous les jours à sa faim.

Fin XIXème, en Bretagne 70 à 85% des gens vivent dans les bourgs et les villages, alors que la moyenne française est de 46%.

Les fermes, fort nombreuses, ont de toutes petites surfaces. En Loire-Inférieure, 62% possèdent 5 ha, ou moins.

Des maladies sont encore répandues et meurtrières : dysenterie, variole, choléra, typhoïde et, surtout, tuberculose.

L'espérance de vie ne dépasse pas beaucoup 45 ans. A peine 5% ont plus de 60 ans



Les disettes disparaissent aux environs de 1870.

Marsac-sur-Don (Marzheg en breton), mentionnée au XIème siècle comme prieuré sous la dépendance de l'abbaye de Saint Sauveur de Redon, se situe presque à mi- chemin entre Rennes et Nantes, à six kilomètres de la route nationale 137 reliant Saint-Malo à Bordeaux, près de Nozay.

Il y a sept Marsac en France. Rien de plus normal d'y ajouter le nom de la rivière qui l'arrose.

Le Don prend sa source aux confins de la Loire-Atlantique et du Maine-et-Loire, entre Châteaubriant et Candé pour se jeter dans le fleuve, la Vilaine, en amont de Redon. Cette rivière dont le lit mineur varie entre dix et vingt mètres à Marsac-sur-Don, peut déborder sur les prairies riveraines, jusqu'à une centaine de mètres dans son lit majeur. Ses crues participent aux inondations, malheureusement bien connues, de la Vilaine à Redon.

Pour une surface d'environ 2.200 hectares, la commune a une population qui varie de 1.100 à 1.300 habitants.

Guémené-penfao (prononcer Guémené-pinfo) chef-lieu de canton, à équidistance de Nozay et Redon, se situe en aval de Marsac-sur-Don.

## Mes grands parents

Je n'ai pas connu mon grand-père paternel, Joseph, décédé en 1944 à l'âge de 81 ans. J'ai quelques souvenirs de ma grand-mère, Eugénie Lebreton, décédée en 1951. Elle avait...89 ans !

Vieille femme, tout de noir vêtue, à l'allure distante. Répondre à sa sollicitation de l'embrassade m'est un peu difficile.



Ils eurent cinq garçons et deux filles.

Par contre j'ai bien connu mes grands-parents maternels. Tout simplement parce que j'ai dix ans lorsque mon grand-père, Eugène Châtellier, décède en 1954, à l'âge de 77 ans. Quant à ma grand-mère, Modeste Couroussé, elle meurt en 1968 à l'âge de 81 ans.

Ils eurent deux garçons et une fille.

Une autre raison a fait que j'ai bien connu ces deux aïeuls. Le manoir de Tréveleux, XV$^{ème}$ siècle, situé à moins de trois cents mètres de l'école, nous permet mes frère et sœurs d'aller déjeuner chez eux.

Plusieurs images de mon grand-père.

Le vieux bonhomme aux belles bacchantes, style poilu, plutôt sympa, toussant beaucoup ; l'hiver assis dans...la cheminée ! Eh

oui, de chauffage central il n'y a point. Le seul moyen pour avoir chaud est de se mettre au plus près du feu. La cheminée (qui existe toujours) est assez grande pour y cuire un mouton.
A la belle saison, il passe le plus clair de son temps dans le grand jardin, ceint de mur, protégé ainsi du vent de galerne (Nord). Il nous explique ses cultures de légumes et nous permet d'en cueillir, ainsi que des fraises, cerises, groseilles... En mars-avril, nous sommes admiratifs devant l'énorme camélia fleuri.
Il m'apprend à lire le cadran solaire trônant au beau milieu de son havre de paix.
Ma grand-mère pendant des années vient à la maison, un jour par semaine, aider sa fille.
Quelle est leur vie à la fin du XIX$^{ème}$ début du XX$^{ème}$ siècle ?

Tout d'abord l'école. La scolarité doit commencer à six ans pour se terminer à onze, ou douze ? Ils apprennent la lecture, l'écriture, le calcul et sûrement la morale ?
Eu égard à la ferveur religieuse, le catéchisme doit faire partie intégrante de l'éducation ?
Dans le même temps, dès qu'ils le peuvent, ils doivent aider leurs parents en s'initiant aux tâches élémentaires de la vie quotidienne : à la maison, balayer, écosser les petits pois... ; dehors : garder les vaches...
Quels sont leurs jeux ? Bien difficile à dire : saute-mouton, la toupie, la marelle, la fronde, cache-cache. La poupée existe-t'elle pour les petites filles de paysans ?

Adultes, comment se déplacent-ils ? A pied pour l'essentiel. Je n'ai jamais vu mes grands-parents maternels faire du vélo. Les déplacements doivent être très limités.
Comment se fréquentent-ils et se choisissent-ils pour la vie ? En dehors du village, ou du bourg, il doit être bien difficile de faire connaissance, sauf à la faveur d'un mariage, si le cavalier et la cavalière se plaisent.
Autrement dit quels sont leurs moyens de communication ? Pas de journal, pas de radio. Les lieux d'échanges possibles, en dehors du village composé de dix, quinze, vingt feux (foyers) au maximum, doivent être au bourg, le dimanche matin après la messe.
Le courrier : La poste existe certes, mais je doute que les amoureux passent beaucoup de temps à s'écrire. Si la fréquentation dure des années ce n'est pas en se rencontrant chaque semaine ; mais toutes les deux, trois semaines, à raison de quelques heures le dimanche après-midi.
Le service militaire (le régiment) : depuis 1889, le service obligatoire pour tous dure trois années. En 1905, la conscription est limitée à deux ans jusqu'en 1914.
La guerre : Dans tout le pays, pas une commune n'est épargnée par l'hécatombe. On peut même dire pas une famille. Les femmes et les vieux font tourner l'économie locale en exploitant au mieux leurs fermes. Beaucoup de maris, pères, frères, fiancés ne reviendront jamais. Ainsi, le 22 Août 1914, trois semaines après avoir été mobilisé, le frère aîné de mon père, Joseph, meurt au combat à Maissin en Belgique. Il a 22 ans. Est-il parti, comme beaucoup la fleur au fusil, persuadé que la guerre ne durera pas longtemps ?

Notre génération a connu des mères de famille, veuves, depuis 40, 50 ans qui ne se sont jamais remariées.

La santé : La Bretagne du début du XX$^{ème}$ siècle est sous-médicalisée : Il y a un médecin pour 2.500 habitants en Loire-Inférieure.

Les remèdes de bonne femme doivent être monnaie courante. Le recours au rebouteux ou autre guérisseur également.

La retraite : Pour ceux qui atteignent 65 ans, ce concept n'existe pas.

N'ayant aucune rente, la seule possibilité est de vivre chez l'un des enfants. Acceptée, ou subie, la cohabitation de trois générations ne souffre pas de discussion, puisqu'elle est dans l'ordre des choses. Même avec une activité physique ralentie, l'oisiveté n'est pas de mise. Il faut gagner son pain.



## Mes parents

Dernier des sept enfants de Joseph et d'Eugénie, Albert naît en 1907. Dernière des trois enfants d'Eugène et de Modeste, Marie-Thérèse voit le jour à Noël 1914, alors que son père est à la guerre !

Leur temps de scolarité est limité à cinq, six années.

Le jeune Albert est, paraît-il, bon élève. En atteste un livre, à belle couverture rouge, en guise de troisième prix de la classe : deuxième division (dix, onze ans ?).

En dehors de leur scolarité, je ne me souviens pas les avoir entendus évoquer leur adolescence.

Leurs conditions de vie n'ont pas fondamentalement changé de celles de leurs parents.
Début des années trente, ils se fréquentent. Ils se marient en 1935.
Avant leur mariage, mon père fait construire la maison, toute en pierres de taille, à Fouy (en français : le petit hêtre).
Avec ses frères, il participe à son édification notamment en creusant la cave. Environ 120 $m^3$ de terre, extraits à la pioche et à la pelle, des mois durant. Son rythme de travail, selon un de mes oncles, égale celui du métronome. Pas d'à-coups en besogne, mais une efficience assez remarquable à l'issue de la journée.
Imaginons le travail et la dose d'opiniâtreté quand, aujourd'hui, la même tâche est réalisée mécaniquement en moins d'une journée.

La maison achevée, le couple se marie et vient s'installer dans une belle maison neuve, sur une exploitation de dix sept hectares, passant au fil des années à vingt deux.
Ma mère a souvent relaté son émotion lorsque, le lendemain matin de la noce, elle allume le feu, pour la toute première fois, dans la cheminée. Symbole fort, en ce qu'il signifie l'installation d'un nouveau foyer au village de Fouy.
Elle a bien raison : celui-ci va vivre...68 ans.
De leur union naîtront huit enfants, de 1936 à 1953 : trois filles, deux garçons (je suis le cadet) et trois filles.
Bien peu d'années s'écoulent avant de connaître, à nouveau, les horreurs de la guerre. 3 septembre 1939, la France et la Grande-Bretagne déclarent la guerre à l'Allemagne.

Chez les Tardivel, une troisième petite fille est née. Les gendarmes apportent, à mon père, l'ordre de mobilisation alors qu'elle a tout juste cinq jours. Que se passe-t-il exactement ? Normalement, en tant que soutien de famille, il n'aurait pas dû partir. La réalité fait qu'il se retrouve sur la ligne Maginot.

Comment ne pas imaginer la charge d'émotion, de chagrin, d'angoisse pour cette mère de famille, âgée d'à peine vingt cinq ans, se retrouvant seule pour élever ses petits dont un nouveau-né.

Bien sûr, sa condition est partagée par des dizaines de milliers d'autres femmes dans tout le pays.

Il faut faire tourner la ferme, vaille que vaille. L'année suivante, avec l'errance des citadins de Nantes et Saint-Nazaire lors de la débâcle, elle aide des familles venues frapper à sa porte. C'est, me semble-t-il, dans ce contexte qu'elle embauche quelques salariés, appelés : commis.



L'un d'eux, Jeannot Grandin, deviendra ultérieurement cadre aux chantiers navals de Saint-Nazaire.

Bien que vivant à quatre kilomètres d'une route nationale, je n'ai pas connaissance d'exactions des boches, à Marsac-sur-Don, à l'exception des chevaux de trait pris d'office soi-disant pour les besoins de traction de leurs matériels.

La vie n'est déjà pas facile. Un des principaux auxiliaires de travail étant volé, elle devient encore plus compliquée.

En 1945, les résistants -F.F.I. ?- tendent une embuscade mortelle à un motard SS, dans l'un des virages du Coudrais, entre Marsac-sur-Don et Conquereuil.

Cet acte terroriste, pour l'armée d'occupation, ne fait pas l'objet de représailles, car l'armée allemande se sait en difficulté.
Rien à voir avec ce qui se passa en octobre 1941 à Châteaubriant (à 35 kms), lors de l'exécution des vingt sept otages.
Nantes (45 km) et Saint-Nazaire (60 km) paient un lourd tribut. Cette dernière est détruite à 90 %, avec la poche de Saint-Nazaire.

## 5 Juin 1944

Dans la soirée et la nuit, les bombardements du débarquement sur les côtes normandes, s'entendent jusqu'à Marsac-sur-Don (environ 200 km à vol d'oiseau).
C'est dans ce contexte historique que je viens au monde.



La guerre terminée, il faut faire vivre les cinq enfants ; même si c'est plus facile à la campagne qu'à la ville, il n'en demeure pas moins que bon nombre de produits de première nécessité (sucre, sel, huile...) sont soumis à tickets de rationnement jusqu'à la fin des années 40.
C'est à partir de cette période que je peux évoquer mes souvenirs.
Le même évènement vécu par un autre témoin pourrait être relaté différemment suivant la perception de chacun. En l'absence de traces écrites, je vais solliciter ma mémoire au mieux.

Probablement, mon premier souvenir remonte-t-il au début de 1949.
La petite sœur âgée d'à peu près dix huit mois, s'agrippe aux jupes de maman alors que celle-ci se déplace, de la cheminée à l'évier, avec une casserole pleine d'eau bouillante. Déséquilibrée, de l'eau tombe sur le bras de la petite... hurlements de douleur et tout un chacun s'en dessus dessous !
Les soins et les souffrances durent des mois et des mois... mais les cicatrices sont toujours visibles.
Fin d'été 1949. Nos parents se rendent à Lourdes. Vraisemblablement pour remercier la Vierge Marie, car cet accident domestique aurait pu être bien plus grave si le visage avait été atteint.
Je ne vois pas d'autre explication à ce pèlerinage de la part d'agriculteurs qui ne s'absentent jamais de leur exploitation, surtout avec maintenant six enfants, dont l'aînée a treize ans.

Notre grand-mère maternelle a en charge le bon fonctionnement de la maisonnée, aidée d'un commis, Jean Acossai - dit Bouboule -, pour s'occuper de la ferme et notamment du bétail.
Suis-je casse-cou ? Intrépide sans doute, inconscient du danger sûrement! Juché sur la tête du puits, je glisse et tombe, la jambe gauche sur la tranche d'un vieux chaudron rouillé, abandonné là. Belle entaille au-dessus de la cheville...et du sang partout. Gros pansement réalisé par grand-mère et en route... pour d'autres aventures !
Toujours en l'absence de mes parents, un autre évènement marque la mémoire du gamin de cinq ans.

A la faveur de l'été sec, curieusement, un incendie se déclare sur une terre de landes de notre exploitation, (les Rochejouaux) à moins d'un kilomètre de la maison. Vu les flammes énormes, j'ai peur qu'elles ne viennent jusqu'à nous.
Jalousie, ou autre motif ? Je crois qu'aujourd'hui on parlerait d'incendie volontaire. Je me souviens de la visite des gendarmes -les cognes- questionnant les adultes... et ma peur de l'uniforme !
Ces quelques souvenirs précis démontrent combien des évènements peuvent marquer, à jamais, une mémoire. En l'occurrence ceux-ci ne sont pas particulièrement heureux.

1950 : mes parents constatent un problème ophtalmologique.
Ma mère me conduit à l'hôpital de Nantes.
Je n'ai aucun souvenir du diagnostic. Par contre, je suis subjugué par la vie trépidante de la ville : bruit de la circulation automobile avec les klaxons, les piétons sur les passages réellement cloutés et surtout la circulation du tramway boulevard des cinquante otages. Les cyclistes doivent faire attention à bien franchir les rails en transversale, sous peine de se casser la figure en se prenant la roue avant du vélo dans ceux-ci.
A mes yeux, cette année-là est très importante.
Je ne peux m'empêcher de sourire lorsque je repense à la coiffure d'avant la scolarité. Je porte ... de belles boucles anglaises, toutes blondes, descendant aux épaules. Elles tombent quelques jours précédant le jour J.
Puis c'est le chemin de l'école, dite libre.

L'apprentissage de la lecture et de l'écriture se fait à l'école des filles, dans une classe mixte avec la sœur Françoise ; laquelle n'hésite pas à donner quelques légers coups de baguette sur les doigts, si le b.a. ba de l'alphabet n'entre pas assez vite, à son gré, dans nos petites cervelles.
Vient ensuite le temps des pleins et des déliés, à l'école St Léger, où bien sûr, il n'y a que des garçons de sept à quatorze ans.

## Les rapports à nos parents

Ce qui suit peut paraître incroyable. Nous avons toujours vouvoyé nos parents.
C'est dire combien les marques de respect ... et de distance sont fortes.



Mes grands-parents paternels se vouvoyaient me semble-t-il, ce qui peut expliquer en partie cette situation.
Par contre, mes grands-parents maternels se tutoyaient ce qui nous paraissait bien normal. Tout minot, je trouve curieux et pour tout dire, injuste, le tutoiement de nos cousins à nos grands-parents maternels (les trois générations vivent ensemble au manoir de Tréveleux) alors que nous, nous devons les vouvoyer.
A aucun moment nos parents nous ont demandé, ou proposé, de les tutoyer.
Dans ce contexte, il n'y a pas beaucoup de place pour exprimer ses sentiments.

C'est ainsi que je n'ai jamais entendu mon père dire qu'il m'aimait, ni jamais lu dans l'une de ses rares lettres. Ma mère me l'a écrit lorsque j'étais adulte.
Il est vrai qu'eux-mêmes n'ont, sans doute, pas reçu ce genre de message de leurs parents. A cette époque, il ne faut pas s'attendrir sur sa vie et en conséquence sur celle de sa progéniture.
Bien plus tard, nous avons eu à vivre une situation comique quand avec eux et nos enfants nous bavardions. Nous leur donnions du vous et leur petits-enfants du tu !
Y a-t-il eu, à Marsac- sur- Don, une autre famille avec cette tradition insolite, pour ne pas dire surannée en l'an 2000 ?

## Début des années cinquante



En évoquant cette période je souhaite simplement témoigner des conditions de vie du monde rural.
Sur l'exploitation familiale, de type polyculture, les travaux du plus simple au plus complexe se font, pour l'essentiel, à la force du poignet.
Quelques années plus tard, des changements importants bouleverseront la vie des agriculteurs.
Voici relaté une année de travail, début des années cinquante.

Janvier - Février : Le premier travail, quotidien, consiste à nourrir les animaux domestiques. J'entends par là ceux qui permettent à l'agriculteur et sa famille de vivre : les vaches pour le lait et la viande ; les bœufs et la jument pour le trait ; le taureau pour la reproduction.

Cette tâche incombe aux hommes, pendant que les femmes traient les vaches, de race Nantaise.
Après avoir pris le petit déjeuner, les uns vaquent dehors s'il ne pleut pas trop et les autres dedans.
A l'extérieur, il y a le travail d'entretien d'une vingtaine de parcelles à vocation de cultures ou de prairies. Le nettoyage des fossés s'effectue, si possible, chaque année en fauchant herbes et broussailles, lesquelles servent de litière aux vaches et aux cochons.
Pour cela, deux outils sont indispensables : la faux et la fourche.
C'est aussi la période de faire le bois. Un travail de force physique considérable, ou par beau temps, mais avec une température de sept, huit degrés, il n'est pas rare d'être en chemise.



Équipés de haches et de serpes, bien aiguisées, les hommes abattent des talus de châtaigniers vieux d'une douzaine d'années, coupés très propres de façon à ce qu'ils repoussent, pour permettre une nouvelle taille une douzaine d'années plus tard.
Si ronces et épines sont brûlées sur place, le reste a son utilité :
- les perches ébranchées puis transportées et stockées à la ferme pour y être débitées, servent de bois de chauffage, ou de piquets de clôture.
- les branches assemblées en fagots sont destinées elles aussi au chauffage de la maison. Elles sont stockées une année, ou deux, à l'air libre.

La réalisation des fagots mérite une explication. Rassembler des branches peut paraître un geste simple. Fait dans la compétition, l'affaire prend une toute autre tournure.
Les plus performants se donnent pour objectif de faire son cent ! Faire cent fagots en une journée relève d'une performance physique peu souvent réalisée. Le fagot exécuté en moins de cinq minutes impose un rythme soutenu. C'est dire combien le geste de coupe, à la serpe, ne tolère pas la moindre distraction sous peine de se blesser, parfois, assez gravement. Clairement, fagoter, permet de se mesurer entre générations. Le fils de moins de vingt cinq ans montre au père ses performances, dans l'endurance.
Le midi et le soir il faut, à nouveau, nourrir le bétail et traire les vaches. La nourriture se compose de choux, coupés dans le champ chaque jour, ou de betteraves accompagnés de foin descendu du fenil -grenier à foin-.



L'eau est tirée du puits à l'aide d'une pompe, qui fonctionne à l'huile de coude, avec un débit d'un litre environ par mouvement. La consommation quotidienne du bétail varie de cent cinquante à deux cents litres.
Je me souviens de l'hiver 53-54, celui où l'abbé Pierre lance son appel. Nous enregistrons moins quinze degrés. La pompe étant gelée, la corvée d'eau se fait avec un seau pour puiser le précieux liquide au fond du puits. Remontée à l'air libre elle fume, tant l'amplitude de température est grande (environ 28°). Je ne comprends pas ce phénomène naturel !
S'il pleut trop pour être dehors, le travail a lieu sous le hangar, à l'entretien du petit outillage : fabriquer des manches de

fourches, de pelles, de pioches ; une échelle, voire une barrière destinée à l'entrée d'un pré...

A la maison, c'est-à-dire à l'intérieur mais aussi dans l'environnement proche, le travail revient aux femmes. Nourrir les animaux de basse-cour poules, canards et lapins, matin et soir, ainsi que les cochons.

La traite terminée, ma mère ou l'une des deux grandes sœurs, passe le lait dans l'écrémeuse centrifuge, de façon à obtenir la crème : celle-ci après avoir été barattée, donne un beurre de couleur dorée et de grande qualité, la vache Nantaise étant réputée bonne beurrière. Il sert à la consommation familiale. Ma mère vend l'excédent en mottes d'une demie -livre, ou une livre. Le babeurre (ou lait de beurre pauvre en matière grasse), sert à l'alimentation des porcs.



Les journées de ma mère n'en finissent pas. Outre ces travaux, elle prépare ses cinq enfants, de 6 à 14 ans pour l'école. S'occupe de la petite, 3 ans, de l'entretien de la maison, avec une bonne partie du temps passé à la préparation des repas, le seul moyen de cuisson étant le feu dans la cheminée.

Un jour par semaine, elle boulange ! Bien avant potron-minet elle pétrit, dans la maie, la pâte faite de farine de blé mélangée à de la levure, de l'eau, du sel. Mon père chauffe le four avec des fagots.

Ils obtiennent des pains de six livres, qui se conservent... une semaine !

Levée à quatre heures, couchée à vingt deux, je l'ai souvent entendu dire :

- Oui, il m'est arrivé bien des fois de travailler dix huit heures par jour.

## Les veillées

Le souper terminé, commence alors la longue soirée d'hiver.
Par grand froid, c'est à qui se met le plus près de la cheminée.
Pendant que ma mère entretient le linge : repriser, coudre, ou tricoter, voire même broder des draps… mon père exerce un véritable travail d'art…tisan !
Ses matériaux se composent du bois de châtaignier, de l'osier, de la paille de seigle et de belles ronces. Les outils : son couteau et un fendoir.
Ses ouvrages : des paniers d'osier dont l'usage est quotidien pour les fruits et légumes, des jattes (jeudes) servant notamment de récipients pour les tourteaux d'arachide destinés à l'alimentation des vaches allaitantes.
Il torsade la paille et le tiers de ronce sert de lien, le tout serré bien fort pour donner de la consistance à l'ensemble.
Il fabrique même des dessous de plat… toujours en usage !
Je suis émerveillé de voir, soirée après soirée, la jeude prendre forme à partir simplement de paille et de ronces fendues en trois mais aussi de beaucoup de travail.
Je n'ai jamais appris ce tour de main. Ce savoir-faire est-il perdu ?



## Mars -Avril

Le temps des labours. Ils ont pour but d'ameublir le sol, de l'aérer, d'enfouir fumier et mauvaises herbes de façon à ensemencer les céréales de printemps (à la saint Georges sème ton orge : 20 avril).

De loin les plus fastidieux, ils s'effectuent à la charrue simple ou au brabant double, tiré par la paire de bœufs.
Homme et animaux doivent être en pleine forme pour faire de la belle ouvrage.
A raison d'une largeur de sillon de vingt cinq centimètres et d'une allure de trois kilomètres- heure, près de quatorze heures sont nécessaires pour labourer un hectare...en parcourant une quarantaine de kilomètres !!!
Réelle épreuve, car marcher dans la terre arable oblige le bouvier à un pas lent et de grandes enjambées s'il ne veut pas se retrouver exténué en fin de journée.
La jument, qui répond au doux nom de Bichette, une belle postière bretonne à robe noire, très vaillante, prend le relais pour les hersages, roulages, binages, buttages et autres travaux plus légers.



Le hersage a pour but d'aérer et de niveler le sol, d'arracher les mauvaises herbes et d'enterrer les semences semées à la volée.
Le roulage permet d'écraser les mottes de terre, niveler le sol et maintenir l'humidité.
Le binage sert à émietter le sol, l'aérer et détruire les mauvaises herbes (un binage vaut deux arrosages).
Le buttage consiste à garnir de terre le pied de certaines plantes (patates) pour y entretenir la fraîcheur.
Les frimas terminés, vient le temps de planter le tubercule, introduit en France par Parmentier, dans une terre bien meuble.
Mon père, avec Bichette, s'efforce d'ouvrir des sillons bien droits à la charrue simple.

Dès lors, les semeurs se hâtent de déposer en terre la bintje germée, tous les trente cinq centimètres environ. Point n'est besoin d'être costaud. Aussi dès l'âge de neuf- dix ans nous sommes mis à contribution pour semer les patates.

Un autre tubercule a cours, mais en petite quantité : le topinambour.

Si les cochons le mangent avec avidité, les humains l'apprécient peu. Cultivé pendant la guerre, il ne va plus l'être au milieu des années cinquante. Nous le considérons comme la patate du pauvre.

Vient ensuite le temps de semer choux, betteraves et rutabagas, en pépinière, pour l'alimentation du bétail.

Cette activité revient à ma mère, réputée avoir la main légère pour ces semailles, car trop de graines sur une surface donnée ne favorisent pas de beaux plants.



Dans une autre pépinière, elle sème carottes, navets et autres légumes pour les besoins de la famille.

A la faveur des beaux jours, les petites mains éclaircissent tous ces semis. Nous faisons le tri de cette multitude de petits plants en laissant les plus beaux, lesquels vont grandir pour être, plus tard, déplantés et transplantés en ligne.

Tout le monde connaît le poisson d'avril.

Depuis longtemps mon père observe l'arrivée du coucou ce jour-là. Son chant annonce la venue des beaux jours.

Avoir de l'argent sur soi au moment où on l'entend chanter pour la première fois de l'année assure, paraît-il, de ne pas être fauché comme les blés jusqu'au premier avril de l'année suivante.

## Mai - Juin

Le sarrasin, ou blé noir, étant sensible à la gelée, les semailles s'effectuent fin mai début juin, à la volée, dans une terre plutôt pauvre.
Mon père sème le maïs en ligne dans une terre meuble et bien fumée. Il le cultive comme fourrage pour les vaches, les bœufs et le taureau.
Récolté trop mûr, les bêtes tendent à le délaisser, par contre bien tendre elles en raffolent.
La coupe se fait quotidiennement à la faucille. Là aussi, l'outil doit être bien aiguisé.
Rapidement après, nous récoltons le foin lorsque la plupart des graminées (pâturin, ray-grass, vulpin, fétuque) et légumineuses (trèfles) sont en fleurs.
La coupe se fait à la faucheuse mécanique, tractée par la jument. Au préalable, mon père affûte la lame sur la meule cylindrique actionnée, à la main, par l'un d'entre nous. D'où l'expression bien connue dans le monde rural : faire ça... où tourner la meule.
Insérée dans la barre de coupe, ladite lame mue par un mouvement de va et vient, en prise directe avec une roue de la machine, coupe les herbes à condition que l'allure de l'attelage soit suffisant. L'effort d'entraînement, pour Bichette, est si intense que rapidement elle est trempée de sueur.
S'il fait beau, dès le lendemain nous procédons au fanage aération de l'herbe, à la fourche où à la faneuse mécanique. Deux jours après, nous mettons le foin en andains -en ligne- avec la râteleuse -râteau mécanique tracté par la jument- de

façon à pouvoir, ensuite, l'assembler en meulons -monticules-. Ainsi, sèche-t-il sur place et perd du volume.
Rentré dans le fenil trop humide, c'est la fermentation assurée... avec risque d'incendie quelques jours ou semaines plus tard !
La qualité des récoltes dépend des conditions météorologiques. Un orage, ou pire, quelques jours de pluie et l'agriculteur voit sa récolte de fourrage compromise pour l'hiver. Dans ces conditions, rien de plus normal que de mettre les bouchées double pour rentrer le foin... avant l'averse.
Entre l'andain et le stockage dans le fenil, nous le manipulons sept, huit fois à la fourche. Ce qui nécessite cinq- six personnes.
Les foins terminés fin juin début juillet, nous plantons choux et lisettes (betteraves).



A la faveur de la pluie, de la chaleur, de l'air et de la lumière, facteurs indispensables à la vie végétale, les petites pousses semées en pépinière sont maintenant assez fortes. Nous les arrachons et les replantons de suite en sillons.
Bien que ce travail soit moins dur que les foins, il n'en demeure pas moins éreintant au sens propre.
Arracher les plants en étant agenouillé, puis les replanter à la tranche -plantoir-, un à un sur le sillon à trente cinq centimètres d'intervalle, courbé toute la journée, nécessite de la souplesse dans l'échine ; donc... de la jeunesse !
Gamins de treize- quatorze ans nous sommes invités à l'ouvrage. Le début des vacances tombe bien.

## Juillet - Août

Le temps des moissons et des battages.

Chez mes parents j'ai toujours connu la moissonneuse- lieuse. Des voisins n'ayant pu acquérir cet outil, venu tout droit des États-Unis (Mac Cormick), moissonnent encore à la javeleuse : ou petite machine.

Tractée par un cheval, elle fauche la céréale. Hommes et femmes la suivent avec une faucille et rassemblent la précieuse récolte en gerbes.

Le lien, fait d'une poignée de paille tressée, s'appelle le lion.

Avec la moissonneuse-lieuse, la gerbe se retrouve liée mécaniquement avec de la ficelle. Considérée comme un progrès formidable, elle économise la peine, le plus souvent des femmes.



Les bœufs, avec parfois la jument, tractent l'engin. Par grosses chaleurs ils peinent, au point de s'arrêter au beau milieu du champ. Mon père, sur la machine, rabat la céréale à l'aide d'une gaule, pendant que le bouvier conduit l'attelage en encourageant, par la parole et l'aiguillon, les bêtes de trait.

Mes trois sœurs aînées rassemblent les gerbes, par paquets de treize (un quintal), de façon à ce que les épis soient abrités de la pluie éventuelle en attendant leur transport. Pour l'efficacité de la besogne, cinq-six personnes, s'affairent dans le champ.

Après les moissons, il faut en assurer le transport.

Les charrois.
A partir de ce moment, une communauté d'intérêts entre voisins prend corps. Un agriculteur isolé peut difficilement s'en sortir.
Une rotation de quatre charrettes, soit trois voisins, permet un va- et -vient permanent entre les champs, distants de quelques centaines de mètres à près de deux kilomètres et la ferme.
Six personnes se répartissent entre le lieu de la récolte et la maison.
Faire une charretée relève de l'art souvent réalisé par les femmes ; les hommes se chargeant d'enfourcher la gerbe, de la soulever pour la déposer dans la charrette.
Pourquoi un art ?
Les déplacements se font par chemins creux, avec les chaos, les gerbes mal serrées entre elles glissent et entraînent tout, ou partie, du chargement... par terre ! Auquel cas, il faut tout recommencer. Outre la perte de temps, ce n'est pas du tout apprécié par le patron !
Arrivés à bon port, les hommes stockent les gerbes dans l'aire.
Le travail le plus délicat revient au patron de la ferme chargé d'ériger la barge (meule).
Même éphémère, l'ouvrage de sept huit mètres de diamètre et trois quatre mètres de haut doit être suffisamment solide, étanche à la pluie, de sorte que les grains ne soient abîmés avant battage.
La besogne terminée chez soi, vient le temps d'aider ses trois voisins ce qui demande une dizaine de jours au total.

Dernière phase : les battages.
Cette période d'une quinzaine de jours est la plus conviviale, dans l'effort, que je connaisse dans le monde paysan.
Un vieux tracteur des années trente assure les déplacements, de ferme en ferme, d'une batteuse, qui appartient à un entrepreneur de travaux agricoles. Une fois calée dans l'aire, le tracteur la fait fonctionner pour battre les céréales.
Chaque engin est muni d'une poulie, reliées entre elles par une courroie croisée, ce qui meut tous les organes de la batteuse. Le chant de la batterie si singulier, s'entend à plus d'un kilomètre sous le vent.
Un salarié assure en permanence leur entretien et veille au bon fonctionnement de l'équipe. Régulièrement, le père Jean patron de l'entreprise vient vérifier si tout se déroule correctement.



Une trentaine d'hommes est nécessaire pour assurer les battages. Réunir une telle équipe ne peut se concevoir qu'en partageant des intérêts communs : voir sa récolte dans le grenier, mais également avoir le souci qu'il en soit de même pour tel ou tel voisin en difficulté passagère (maladie par exemple). Il existe une vraie solidarité.
Toute cette équipe provient des villages environnants. Fouy avec ses neuf fermes fournit onze hommes : un par maison et deux pour les plus importantes.
Sept villages, parfois plus, constituent l'ensemble de la batterie.
A pied d'œuvre, elle fonctionne à raison de trois hommes, sur la barge, pour approvisionner la batteuse. Sur la machine, le

placeur pose la gerbe sur le tablier incliné ; le coupeur retire la ficelle et présente la gerbe, bien étalée, au batteur.

Le rôle du batteur est l'un des plus importants et des plus dangereux de l'équipe. Il alimente le cylindre métallique, appelé également batteur, lequel tourne à vive allure pour avaler la paille et décortiquer les épis. L'homme prend la gerbe et la déploie de sorte que la machine soit alimentée régulièrement et non par à coups. Cette maîtrise du geste lui évite de se faire happer la main, vu la force centrifuge extraordinaire du batteur. Bien peu accepte d'assumer ce poste de travail !

Au pied de la machine, l'ensacheur remplit les sacs de grains. En jute, ils peuvent contenir jusqu'à cent kilos.

Tour à tour quatre solides gaillards se les coltinent, sur l'épaule, pour les vider dans le grenier. A la fin de la journée, chacun a porté de trois à quatre tonnes, monté et descendu quelques ... trois cents marches. C'est dire combien le dos doit être solide et ... les barreaux d'échelle aussi !



A l'autre bout de la machine, le monte- paille (tapis roulant) déverse la paille en vrac. Quatre, cinq hommes la récupèrent et construisent le pailler. En fonction du rendement de la récolte, celui-ci peut mesurer une douzaine de mètres de long, sur quatre à cinq mètres de large et trois à quatre mètres de haut, soit deux cents mètres cubes, ou plus, d'un végétal sec et parfois instable.

Les hommes s'enfoncent dans la paille et ne peuvent avoir le pied solide lorsqu'ils portent une grosse fourchée.

Il est impossible de tenir deux semaines, à un rythme de travail d'au moins treize heures par jour, sans doublure.

Chaque équipe se relaie, par demi-heure, dans une discipline librement consentie et respectée par tous.
Je n'ai jamais connu de problème majeur dans ce genre d'organisation, où une trentaine de voisins s'entraident sans aucune forme de transaction financière.
Seul le propriétaire de la batteuse se fait rémunérer au temps passé dans l'aire de la ferme.
Physiquement éprouvants, les battages sont pourtant un moment très attendu.
Pendant le déplacement du convoi, puis l'installation chez le voisin, tous se retrouvent à table. Les femmes font de leur mieux pour servir, sous le hangar ou dans la grange, un repas de qualité accompagné de cidre, avec à la fin le café et la gnôle.
Des disparités existent bien sûr. Nous connaissons les bonnes maisons... et les moins bonnes !

Sollicités, ou spontanément, certains poussent la chansonnette souvent joyeuse, ou émouvante.
D'autres racontent des plaisanteries, parfois salaces, pendant que les plus jeunes draguent la ou les filles de la maison.
Chahuter la belle, peut s'apparenter à une déclaration d'amour, ou tout simplement un flirt. Les yeux parlent autant que la bouche. Il y a parfois de l'orage dans l'air lorsque le prétendant n'est pas désiré !
Soixante ans plus tard, je pense pouvoir écrire que cette entraide rurale était le cœur de la vie paysanne. Hommes, femmes et enfants y participaient. La vie était rude, mais l'individualisme, si fort dans ce milieu, laissait place à l'intelligence collective.
A quelle alimentation servent les céréales ?

Le blé, après passage chez le meunier, permet aux familles d'avoir leur pain quotidien.
Beaucoup vivent chichement. Au moins sont-elles assurées d'avoir du pain, dès lors que la récolte le permet.
L'avoine, au picotin de la jument. Le seigle et l'orge, concassés, aux vaches et cochons, sans oublier les volailles.

Deux générations plus tard…
Décembre 2006, au pied de la tour Eiffel : Mille jeunes agriculteurs venus des vingt deux régions de France souhaitent faire découvrir leur passion et leurs produits aux franciliens. C'est l'opération : Un week-end sur terre. Les rendez-vous des terrestres-extras !
J'échange avec un agriculteur des environs de Rennes.
En quarante cinq minutes, me dit-il, je laboure un hectare de terre. Avec une largeur de coupe de six mètres, je mets une demi-heure pour moissonner un hectare et une demi-heure après, les quatre vingt quintaux récoltés sont dans le silo.
Ce témoignage m'amène à la réflexion suivante.
Pour labourer un hectare, il met… dix huit fois moins de temps qu'en 1950 !
A superficie égale, il lui suffit d'une demi-journée pour boucler le cycle des moissons… au lieu d'un mois.
Et son rendement de céréales a triplé.
Comme je lui demandais si la mécanisation l'autorisait à travailler moins longtemps, tout en vivant mieux que du temps de son grand-père, je fus très surpris de sa réponse.
Pour faire vivre ma famille de cinq personnes, j'ai une exploitation de quatre vingt hectares à dominante production

laitière. Même si j'ai plus de confort matériel que mes grands-parents, je travaille sept jours sur sept et en suis toujours à soixante dix heures par semaine.

Je me dis que quelque chose ne tourne pas rond dans ce type d'économie !

En 1950, deux hectares par personne permettaient de nourrir une famille d'agriculteurs.

Aujourd'hui, il en faut... sept à huit fois plus.

Le temps de travail n'a pas diminué significativement.

Dois-je considérer que seuls les céréaliers beaucerons, avec des exploitations de deux cents à quatre cents hectares peuvent vivre aisément ...et rouler en coupé Mercédès ?

L'édition 2007 du document de l'INSEE intitulé : l'Agriculture nouveaux défis, traite de l'agriculture française au sein de l'Europe et dans le monde ; des réformes successives de la politique agricole commune (PAC) ; de l'environnement et des agriculteurs en y incluant leurs revenus et leurs conditions de vie.



Effectifs et productivité du travail :

En une cinquantaine d'années, l'agriculture a perdu 80 % de ses effectifs et les trois-quarts de ses exploitations.

En 1955, 80 % des exploitations comptaient moins de 20 hectares de surface agricole utile (SAU). En 2000, les 12 % d'exploitations dépassant les cent hectares cumulaient 46 % de la SAU.

Depuis soixante ans, les gains de productivité du travail de chaque paysan a été de 4 % l'an (en moyenne), grâce notamment à la mécanisation et à l'augmentation de la superficie des exploitations.

Les revenus des agriculteurs monoactifs atteignent au mieux 12.000 euros par an.
Pour un couple ayant travaillé toute sa vie, la retraite mensuelle ne dépasse guère le SMIC : 1.200 à 1.400 euros.
Autant dire qu'ils connaîtraient la misère si leur maison n'était payée et s'ils n'avaient de grands potagers… et parfois quelques économies.

## Septembre - Octobre

Pendant l'absence de mon père et de Bouboule, ma mère et mes trois sœurs aînées sarclent (nettoient), à la main, les champs de choux et betteraves.
De retour des battages, ils n'ont pas de temps à perdre pour biner avec la houe à cheval et retourner au grenier chaque jour, aérer les céréales à la pelle, afin d'éviter l'échauffement surtout si les battages ont eu lieu par temps de pluie.
Vient ensuite la récolte du sarrasin.
Abeilles et autres insectes butinent son pollen du matin au soir.
Pour les moissonneurs, par contre ce n'est pas une partie de plaisir.
Outre qu'il exhale une forte odeur, sa paille grasse et rude ne facilite pas la tâche. En effet, la moisson se fait le grain bien mûr, noir. Pour éviter l'égrenage sur place, nous le manipulons avec délicatesse. Les gerbes liées, au lion, nous les assemblons debout par petits tas pendant quelques jours, puis les charroyons le jour même du battage.

Moins d'un hectare de récolte satisfait les besoins de la famille en farine de blé noir. Nous mangeons d'excellentes galettes, au beurre, faites par notre mère.

Par bonne année, l'excédent se vend à bon prix, la rareté du produit faisant sa cherté. Peu de fermes le cultivent dans cette partie de Bretagne.

Les fanes bien sèches des pommes de terre annoncent leur récolte.

Avec un croc, tallée après tallée (plant après plant), chacune et chacun remplit son panier pour ensuite le vider dans un sac de jute. Le soir venu, la récolte est chargée dans la charrette et mise à la cave à l'abri du froid, de la lumière et de l'humidité. Quant aux fanes, brûlées sur place, elles fournissent une cendre riche en potasse.



Avant de procéder aux labours d'automne, l'amendement des terres passe par l'épandage d'un engrais complet. Paille de céréales, feuilles mortes, genêts, voire ajoncs constituent la litière des animaux, ou fumier.

L'extraire de l'étable, de l'écurie, des soues à cochons pour le stocker dans un champ, ou l'épandre de suite sur la parcelle à labourer, relève de la corvée !

L'épandre menu pour éviter le bourrage du brabant, oblige à jouer de la fourche constamment. En fin de journée, hommes et femmes aspirent au repos bien mérité. Sans attendre les premières gelées blanches, coupeurs et coupeuses étêtent les lisettes (betteraves fourragères), à l'aide d'un large couteau.

Arrachées, secouées énergiquement pour les débarrasser de la terre, elles sont jetées deux par deux dans le tombereau que Bichette transporte jusqu'au au silo de la ferme. Ce stock

assure l'alimentation de tout le bétail une partie de l'hiver et les feuilles nourrissent, de suite, les bovins.
Réparties sur octobre et novembre, les semailles de blé, d'orge (appelée escourgeon) d'avoine et de seigle occupent deux hommes du matin au soir durant une quinzaine de jours.
L'un prépare la terre, l'autre sème à la volée.
L'automne venu nous récoltons pommes et châtaignes.
Les châtaigniers, greffés, donnent de beaux fruits quasiment une année sur deux. Nous les ramassons au sol, à l'aide d'un petit bâton pour écarter les bogues et les cueillir à main nue.
Triées pour ôter les pourries et les véreuses, puis séchées au soleil une huitaine de jours elles seront grillées par notre mère dans une poêle trouée, spécialement fabriquée à cet effet.
J'admire son tour de main pour les faire sauter dans la poêle, afin d'obtenir une régularité de cuisson. A dix ans à peine, j'essaie de l'imiter sous son regard attentif.
Quelques années plus tard, je ne me débrouille pas trop mal.
Manger de bonnes châtaignes grillées accompagnées, parfois, de cidre doux... un régal.
Les pommiers font partie du paysage, dans les prairies et les champs. Quel enchantement pour les yeux lors de la floraison.
Nous en avons plus d'une centaine.
Les pommes à couteaux cueillies avec grand soin, entreposées au grenier, assurent notre consommation jusqu'en mars.
Avec une partie de la récolte, notre mère fait d'excellentes confitures en mélangeant fruits et sucre dans une grande bassine de cuivre. La cuisson achevée et les bocaux remplis, elle nous autorise à nettoyer le fond du récipient à l'aide d'une cuillère. Quel bonheur !!!

Parents et enfants participent à la récolte des pommes à cidre. Les bonnes années peuvent donner de cinq à huit tonnes !
Secoué à la gaule, chaque arbre se trouve libéré de ses fruits. Reste à les ramasser dans les paniers, puis les vider dans les sacs de jute.
Étant donné la saison, par frimas ou crachin, les cueilleurs ont souvent l'onglée (engourdissement douloureux du bout des doigts, dû au froid) ! Dans ces conditions, remplir quatre cents paniers, voire plus, courbés ou à genoux, n'est pas une partie de plaisir.

## Novembre - Décembre

Nous stockons près de deux tonnes de pommes dans l'attente de faire le cidre.



Mon père vend la majeure partie de la récolte à un négociant, pour la cidrerie de Messac (Ille et Vilaine), laquelle produit aussi confiture et compote.
Plusieurs variétés de pommes (douces, amères, aigres) permettent d'obtenir un cidre de qualité. La propreté irréprochable du pressoir et des barriques y contribue également. Mon père met un point d'honneur à ce qu'il en soit ainsi.
N'ayant pas servi depuis la saison précédente, il met en eau la carrée (le réservoir) du pressoir, tout en bois, avec si besoin de la filasse de chanvre, pour la rendre étanche.
Peut alors commencer le broyage des pommes dans le concasseur, ce qui donne une pulpe sucrée, odorante et juteuse.

Le précieux nectar, qui va servir de boisson toute l'année à la famille, s'obtient en empilant dans la carrée une couche de paille de seigle sur une couche de pulpe, jusqu'à près d'un mètre cube, tout autour d'une vis sans fin.
Fixée à celle-ci, une lourde pièce de bois, manœuvrée par deux hommes, descend lentement à l'aide d'une barre de fer munie de deux clavettes. Leur tintinnabulement est agréable à l'oreille. A distance, l'observateur reconnaît si les hommes peinent, ou pas, pour encore pressurer le marc.
Rapidement le cidre coule du pressoir dans la cuve. Mon père va et vient, du pressoir à la cave, pour remplir à l'aide de deux seaux les barriques de 220 litres.
Seules trois fermes, dans le village, possèdent un pressoir. Tour à tour des voisins viennent faire leur cidre chez nous. Cette activité s'échelonne sur les deux derniers mois de l'année. 
Quel bonheur de boire ce cidre si doux aux papilles. Enfants nous en consommions sans modération. Nous ne risquions pas d'être saouls ni constipés, bien au contraire. Dans ce dernier cas, nous nous éloignions du pressoir, naturellement, pour quelque temps !
Vient ensuite le temps du soutirage. Mon père veille à le réaliser par temps froid et sec, en tenant compte de la Lune.
Après la première fermentation, dite tumultueuse, il transvase le cidre dans un autre fût et de cette façon, élimine la lie déposée au fond de la barrique.
Il répète l'opération deux autres fois dans l'hiver. C'est un gage de qualité pour conserver cette boisson pendant neuf, dix mois. Il a sûrement raison. Le cidre du père Albert est

apprécié bien au-delà de la famille quand, parfois, la piquette l'emporte !
Ainsi se termine l'année de labeur.

## La vie familiale, sociale et religieuse

Essayer de décrire la vie familiale et sociale sans tenir compte de l'importance de la religion ne serait pas crédible.
Tous les observateurs, historiens ou biographes, ont décrit cette réalité ancrée depuis des siècles dans cette partie de la France.
Sur près de 150 familles marsacaises, une seule je crois ne fréquente pas l'église.
Le village de Fouy comprend une douzaine de foyers, soit une cinquantaine de personnes.



Le premier janvier, avec mes frère et sœurs nous frappons à toutes les portes pour souhaiter à chacun la bonne année, par l'expression incontournable :
Bonne année, bonne santé. Le Paradis à la fin de vos jours.
Après les remerciements, nous avons droit à de modestes étrennes (gâteaux, bonbons...).
Outre la prière quotidienne, au saut du lit et le soir avant de s'endormir, la grand'messe du dimanche, en latin, ponctue la fervente pratique religieuse.
A sept ans, âge de raison pour la hiérarchie catholique, les enfants reçoivent le sacrement de l'Eucharistie, en faisant leur communion privée lors d'une messe ordinaire. Seule la maman accompagne son enfant, pour qu'il apprenne les rites et reçoive l'hostie en fin de cérémonie.

Chaque dimanche, nous revêtons nos plus beaux habits, avec la chemise blanche au col et poignets empesés, ce qui nous assure une raideur bien désagréable. La cravate fait partie de la tenue exigée.

A la sortie de la messe les hommes se retrouvent au bistrot autour d'une chopine, ou d'une fillette de muscadet ou de gros-plant et les femmes font quelques commissions chez la commerçante Marguerite Lévard.

Les discussions tournent le plus souvent autour de la santé des uns et des autres ; l'avancée des travaux agricoles, la vente du bétail, ou l'achat d'une nouvelle paire de bœufs ...

De temps à autre mon père fait de la politique en parlant des « nouvelles ».

Nous jouons en attendant nos parents, tout en prenant bien soin de ne pas salir nos vêtements !

Après le repas, nous retournons fréquemment à l'église pour assister aux vêpres. Il n'y a pas le même caractère d'obligation que la messe, simplement une marque supplémentaire de dévotion. Quand vous avez moins de dix ans et que vous faites quatre fois un kilomètre et demi à pied... la dévotion finit par peser.

Vers huit- neuf ans, je commence à m'interroger sur la religion. J'accepte difficilement la notion de mystère. Par exemple, celui de la Sainte Trinité. Le père, le fils, ça va, je comprends. Mais le Saint Esprit.

De surcroît, qu'un adulte me réponde : C'est un mystère, ne cherches pas à comprendre, ne me convient pas du tout.

Nous apprenons également que toutes les religions sont bonnes ; mais ... la nôtre se veut supérieure !

Quarante jours après Noël, soit le 2 février, nous fêtons la présentation de l'enfant Jésus au Temple. Autrement dit, la Chandeleur.
Notre mère fait des crêpes au sucre. Un régal. Des frères et sœurs je suis le plus gourmand.
De toute l'année, nous ne mangeons pas de viande le vendredi.
Pendant le carême, nous sommes invités à faire effort pour prendre de bonnes résolutions et, ainsi, éviter le péché de gourmandise.
Des efforts nous en faisons pour être à jeun. Communier lors de la grand'messe dominicale, nous interdit de manger depuis la veille au soir. En théorie, le jeûne se pratique à partir de minuit.
Concrètement, un gosse de sept ans ne mange pas du samedi après le souper, au dimanche midi.
En pleine croissance, plus d'une fois... j'ai eu faim !
Lors de la semaine sainte nous participons aux offices religieux, avec entre autre la cérémonie du chemin de croix, le Vendredi Saint. Ce jour-là, quelque soit notre activité, à trois heures de l'après-midi nous nous arrêtons pour nous recueillir quelques minutes en souvenir de la mort du Christ.
Le dimanche de Pâques[1] les cloches de retour de Rome sonnent à toute volée pour fêter Sa Résurrection. Ce jour-là, chacun tient à sa réputation de bon chrétien en se confessant et en communiant. D'où l'expression : faire ses Pâques.
Nous attendions le lundi avec impatience. Après avoir fait durcir une bonne douzaine d'œufs, avec des pelures



[1] Fête religieuse mobile. Toujours le premier dimanche suivant la pleine Lune, après l'équinoxe de printemps (en 2010 le 4 avril et en 2011 le 24 avril).

d'échalotes, notre mère les cache dans le jardin. Entre frères et sœurs c'est à qui en trouvera le plus. Nous sommes tout heureux en voyant ces œufs à la coquille couleur chocolat.
Il est agréable de constater que cette tradition perdure aujourd'hui pour la plus grande joie des enfants (les œufs sont remplacés par des confiseries).
Après le repas amélioré du dimanche manger un ou deux œufs dans la journée met fin, symboliquement, à la longue période de carême.

Les trois jours précédant l'Ascension, des processions -les Rogations- se déroulent de village en village à seule fin de bénir les travaux agricoles, dont les futures récoltes.
Au fil des routes et chemins creux, monsieur le curé et les fidèles s'arrêtent, pour prier et chanter, au pied des croix Couroussé, Lemasson et Bizeul, érigées par les familles en bordure de la route Nozay- Marsac-sur-Don.
Avec les leçons de catéchisme dispensées à l'école, puis à l'église, par monsieur le curé Abel Martin, nous remplissons nos devoirs de chrétiens.

- obéir à nos parents, respecter autrui, ne pas mentir, ne pas commettre de péché mortel (le juron nom de Dieu en est un), se confesser régulièrement et communier tous les dimanches.

Quelques années plus tard je deviens, tout naturellement, enfant de chœur. Parmi les différentes fonctions exercées j'aime porter l'encensoir. L'encens dégage un agréable parfum.
Quinze jours après la Pentecôte, la procession de la Fête Dieu traduit la piété de tous les paroissiens

Enfants de cœurs, séminaristes, marguilliers (adultes renouvelés chaque année pour être au service du clergé), portant croix et bannières précédent le dais porté par quatre hommes qui protège le Saint- Sacrement. Le parcours dans les rues du bourg est soigneusement décoré de fleurs, notamment de roses.

La procession s'arrête devant chaque reposoir érigé pour la circonstance. La dernière station se fait au grand reposoir, près de l'église, où monsieur le curé donne la bénédiction solennelle. Tout au long du parcours il entonne les cantiques :

Dieu de clémence, sauvez, sauvez la France par votre Sacré-Cœur ... et autres *Confiteor*, ou *Gloria in excelsis Deo*, repris avec enthousiasme par les fidèles.

Comme un peu partout en Bretagne, le culte à la Vierge Marie et à sa mère, Sainte Anne, donne lieu à des processions.



En 1914 le Vatican déclarait officiellement Sainte Anne patronne de la Bretagne. En 1625 elle apparut au laboureur Nicolazic lui disant : Dieu veut que je sois honorée ici (près d'Auray).

Le pèlerinage à Sainte Anne de Lésain n'a pas l'importance de celui de Sainte Anne d'Auray (Morbihan). Cependant, chaque année aux environs du 26 juillet plusieurs centaines de pèlerins venus de Marsac-sur-Don, Conquereuil, Vay... se pressent dans et autour de la petite chapelle pour vénérer la statue.

Le cantique : Sainte Anne ô bonne mère, toi que nous implorons, entends notre prière et bénis tes Bretons, démontre l'attachement à la mère de Marie et grand-mère de Jésus.

Nous arrivons au 15 août, jour où l'Église célèbre l'enlèvement miraculeux par les anges de la Sainte Vierge, pour monter au ciel : l'Assomption.
La procession traverse le bourg pour se rendre à la statue de la Vierge Marie (réplique de Notre-Dame de Lourdes dans sa grotte), route de Tréveleux. Le cantique : Au ciel, au ciel, au ciel j'irai la voir un jour ... et autre *Ave Maria* ponctuent le parcours et l'instant de vénération.
Le premier novembre, je n'aime pas la cérémonie de la Toussaint. Les tentures noires, les cantiques, oraison et *De Profundis* me donnent la chair de poule. Cependant, je comprends l'importance de prier pour le repos éternel de l'âme des défunts, surtout celle de ma grand-mère paternelle et de mon grand-père maternel.
La pluie, le froid ou le brouillard contribuent à ce sentiment de grande tristesse lors de la procession au cimetière et du recueillement sur les tombes de mes aïeuls.
Le culte des Morts étant très fort, il n'y a jamais autant de fidèles dans l'église que lors des vêpres de la Toussaint.
En ce milieu du XX$^{\text{ème}}$ siècle, l'Église sollicite les gamins et gamines de onze- douze ans pour obtenir des vocations.
Issus d'une douzaine de familles, dont la mienne, quinze à vingt garçons et filles partent pour le pensionnat, convaincus d'être appelés par Dieu.
Le petit séminaire, pour les futurs prêtres, se situe à Guérande ; le juvénat, pour les religieux, à Janzé (Ille et Vilaine) et le noviciat, pour les religieuses, à Saint-Gildas des Bois.
C'est à cet âge que le frère Denis, directeur d'école, me demande si je veux entrer soit au séminaire, ou au juvénat.

Face à la fermeté d'une réponse négative, il n'insiste pas et ne m'en reparle plus.
Les années 60 voient plusieurs d'entre eux quitter leur pensionnat respectif et rejoindre la vie civile. C'est le début de la crise des vocations. La plupart de ces jeunes adultes, par la suite, fondent une famille.
L'année s'achève avec Noël et la messe de minuit. Les cantiques, archi-connus dans le monde entier, accompagnent Monsieur le Curé au moment de déposer l'Enfant dans la crèche.
Cette cérémonie m'enthousiasme.
A la maison, nous ne connaissons pas le Père Noël ; mais le Petit Jésus apporte un cadeau à chacun, accompagné d'une friandise et d'une pomme d'orange (la seule de l'année). Je fais bien des efforts pour la conserver plusieurs jours et, ainsi, ne pas commettre le péché de gourmandise !



## Le Baptême

De manière générale le sacrement du Baptême s'administre, autant que possible, dès le lendemain de la naissance.
Tous les parents craignent la mort soudaine de leur nouveau-né. Le baptiser le plus rapidement possible évite à son âme de se retrouver, en cas de décès, dans les limbes[2] plutôt qu'au Paradis.

---

[2] Espace mythique réservé aux enfants sans Baptême. En 2007, la réflexion du Vatican est passée de l'intransigeance dogmatique (issue du moyen-âge), à la miséricorde. L'Église admet désormais que les enfants, sans possibilité de choix ni responsabilité, seront sauvés et iront tout droit au Paradis.

Le repas de Baptême se déroule quelques semaines après, de sorte que la maman puisse s'occuper de la cuisine. Il s'agit d'un repas amélioré auquel participe parents, enfants, grands-parents et bien sûr, parrain et marraine.

## La Communion

A l'âge de onze ans nous sommes aptes à faire notre Communion solennelle, avec le cérémonial classique. Robe blanche pour les filles. Costume -et brassard blanc- pour les garçons.
Cette cérémonie officielle est précédée d'une retraite de plusieurs jours.
Bien que n'étant pas isolés de la famille et de l'école, nous devons méditer sur l'importance de ce Sacrement et nous efforcer d'être exemplaires.
Parents, grands-parents, parrain, marraine, frères et sœurs participent à la grand-messe du dimanche, puis se retrouvent autour de la table familiale pour le repas de communion.
Recevoir une montre bracelet est le plus beau des cadeaux. Bien peu de familles d'agriculteurs et d'ouvriers peuvent offrir un tel bijou à leur progéniture. Elles s'en tiennent au missel et autres objets de piété.

## La Confirmation

Monseigneur l'Évêque ne se déplace pas tous les ans dans chaque paroisse pour la Confirmation. Matériellement, c'est impossible.

Administrer ce Sacrement, destiné à renforcer le chrétien dans la grâce du Baptême, est un acte majeur. Pour les parents et les confirmants, accueillir l'Évêque relève de la même démarche.
Procède-t-il toujours ainsi ? Il nous promet ce jour-là (29 avril 1955), une journée de vacance en l'honneur de sa venue.
Deux mois nous séparent des grandes vacances. Avec les copains d'école, nous nous demandons quand nous aurons la semaine des deux jeudis. Bien sûr elle ne vînt pas !
Ce mensonge, cette tromperie au plus haut niveau de la hiérarchie catholique dans le diocèse, m'ouvre les yeux sur son hypocrisie. Pourquoi mentir ainsi à des enfants de onze et douze ans ?

## Le mariage



Des réjouissances possibles, rien ne peut égaler les noces.
Ayant une trentaine de cousins et cousines, nous participons régulièrement aux festivités.
Le jeune couple se fréquente pendant deux, trois années et officialise son engagement par des fiançailles. Cette étape se fête par un repas auquel participent les proches. Échanger la bague de fiançailles symbolise la réciprocité de l'engagement.
A ce stade des relations, pratiquement aucun couple ne rompt le contrat moral.
Le jour venu -un mardi- le mariage en mairie relève de la formalité, mais à l'église, de la solennité puisqu'il s'agit de recevoir le Sacrement unissant deux êtres, pour vivre ensemble et élever leurs enfants chrétiennement.

A Marsac-sur-Don, je n'ai jamais connu de mariage qui ne soit religieux.
Chacun, chacune se met sur son trente et un. Entre deux et trois cents convives participent aux repas du midi et du soir, entrecoupés de rires, d'animations et de chansons. Gamins, nous sommes heureux de nous amuser entre cousins et cousines et de danser, comme les grands, au son de l'accordéon sur des airs de marche, de java, de valse et autre polka piquée.
Tard dans la nuit de noce, les jeunes adultes (cavaliers et cavalières) se rendent au domicile des mariés, avec la soupe à l'oignon, les obligeant ainsi à ouvrir leur porte. Cette tradition permet de prolonger la fête, tout en retardant le plus possible, le moment où le nouveau couple se retrouve dans l'intimité...

## Le décès



La nouvelle d'un décès est rapidement transmise au prêtre, qui sonne les cloches de l'église. Leur lenteur et la gravité du son identifient le glas. A partir de ce moment, chaque famille a hâte de savoir qui est décédé.
Le jour même ou le lendemain, un voisin du défunt se déplace, à vélo, pour informer chaque foyer.
Famille, voisins, jeunes, vieux, chacun se recueille devant la dépouille, participe au chapelet et prières pour que son âme soit accueillie par Saint Pierre, dès que possible, surtout si sa conduite, ici-bas, a laissé à désirer... En ce cas, peut-être va-t-elle faire un tour au purgatoire ? D'où l'importance des prières.
La famille porte le deuil six mois, un an, ce qui explique la tenue des femmes toujours vêtues de noir et le dimanche

chapeautées, avec la voilette rabattue devant le visage. Les hommes et les enfants arborent le crêpe au revers de la veste.
Il arrive que mon père ait en charge, avec Bichette, la conduite du corbillard.
Tout ceci m'impressionne, y compris l'allure de la jument. On dirait qu'en ralentissant le pas, elle ressent la tristesse de la famille éprouvée.

## La vie familiale et sociale

Début 1953 : naissance de la petite dernière.
Assez régulièrement nous sommes douze à table, avec grand-mère Modeste et le journalier Jean Acossai.
Il en faut de la nourriture et passer du temps à préparer les repas, avec la lente cuisson au feu de bois.

A l'exception de la viande rouge, du poisson, du fromage, du sel, poivre, sucre... la ferme fournit tout ce dont nous avons besoin. Sans profusion certes, mais suffisamment pour subvenir au quotidien.
Outre les fruits et les légumes, nous mangeons poulets, canards, lapins et bien sûr le cochon. Mon oncle paternel, Eugène, a en charge de le tuer. Le geste fatal se veut précis. Dès lors, règne une tension à peine perceptible, toute la journée, pour débiter la bête et fabriquer boudins, saucisses, rillons, andouilles et couper le lard en morceaux.
A cette occasion nos parents invitent leurs frères et sœurs avec leurs enfants, pour un repas le dimanche. Tous ne viennent pas, mais nous sommes parfois une trentaine à table.

Nous sommes heureux de rencontrer cousins et cousines. Bien qu'élevés dans la rigueur, frères et sœurs éprouvons dans ces moments-là, un vrai bonheur !

Durant l'hiver, vaches et génisses restent à l'étable. Nous les sortons dans la cour, de temps à autre, pour leur faire prendre l'air.

En mars, pour la première fois de l'année, elles rejoignent les prés. Elles courent partout, se grattent aux troncs des pommiers afin de se débarrasser des parasites, puis paissent goulûment l'herbe bien tendre. Le soir- même le rendement de lait s'en trouve amélioré.

Ayant très peu de prairies clôturées, ma mère ou mes sœurs aînées ainsi que mon frère, se trouvent dans l'obligation de les garder. Parfois à deux, souvent seul(e).

J'ai sept ans lorsque, pendant les grandes vacances, mon père m'intime l'ordre d'emmener les sept vaches au pré de la Marzelle et de les garder… seul !



A ma mère qui n'apprécie pas vraiment sa décision, il répond devant moi, en patois (le Gallo) :

Va ben fallar qui s'habitue à la miséére.

Je n'ai pas peur des vaches, mais je suis paniqué à l'idée qu'elles passent dans le champ du voisin pour y brouter, même si Fauvette, chienne de touche hors pair, les ramènerait vite fait dans le pré.

Ce jour-là, en fonction de ce que j'ai entendu, je décide que je regimberai face à tout ce que je trouverai injuste. D'accord pour garder les vaches mais, seul à sept ans, c'est trop injuste !

Où comment le propos, l'attitude d'un adulte peut influencer un petit d'homme.

Aux beaux jours, le soir après les devoirs et le jeudi, nous jouons dehors avec les voisins les plus proches : Paul et Odile Leparion.

A cache-cache, à qui sera le plus fort, à saute-mouton, au cerceau, à l'attelage : l'un fait le cheval, l'autre tient la ficelle en guise de rênes... Les filles (Odile et ma sœur Marie-Pierre) jouent à la commerçante et nous venons acheter leurs marchandises avec, en guise de billets, des feuilles de châtaignier ou des petits cailloux symbolisant les pièces de vingt ou de cent sous !

Motivée par la charité chrétienne, ma mère joue un rôle social indéniable dans le village.

Tous les accouchements se font à domicile. Dans l'attente de la sage-femme, ou à sa place, elle aide telle voisine. Je ne me souviens pas d'accident ayant pu entraîner la mort du nouveau-né ou de la maman.



Toujours sollicitée elle ne refuse jamais de rendre service partant de l'idée qu'elle doit aider autant que possible et ne se fâcher avec personne.

Elle aime les autres qui le lui rendent bien. De ses relations, durant la guerre, avec les familles de Nantes et Saint-Nazaire elle les accueille, au débotté, lors de leurs vacances d'été.

A l'autre bout de la vie, elle accompagne celui-ci ou celle-là pour le grand départ, en attendant le prêtre qui administre le Sacrement d'Extrême-onction. Puis participe à la toilette du défunt.

## Les évolutions techniques

Hormis les pannes de courant pendant lesquelles mes parents ressortent bougies et lampes à pétrole j'ai toujours connu l'électricité.

Les deux familles Couteau, à Bel-air en Nozay (près de Fouy) ne profitent pas de ce confort. Le grand-père n'en veut pas au prétexte que jusqu'alors ils ont vécu sans.

Est-ce en 1952 l'achat de la T.S.F. ? Il y a de la joie à écouter puis fredonner les chansons. Chaque soir, mon père s'intéresse aux nouvelles et les commente parfois. A la veillée nous suivons telle ou telle émission.

C'est en 1953, je crois, que mes parents achètent l'auto : une Renault Juva 4 d'occasion. Fierté et plaisir se mêlent lorsque nous rendons visite à la famille. Il faut dire qu'à l'exception des commerçants, artisans, sage-femme, médecin et véto très peu d'agriculteurs possèdent une voiture. Nous sommes les premiers au village.



Mon père met un certain temps à obtenir le permis de conduire à Châteaubriant, ce qui ne l'empêche nullement en attendant de se servir du véhicule autant que de besoin.

Au fil des mois et des années les familles marsacaises achètent, qui une Renault : 4 ch, Dauphine, Frégate, qui une Simca : Aronde, Montlhéry, Ariane, qui une Peugeot : 203, Vedette, qui une Citroën : Traction avant, etc...

Est-ce en 1954 ? La régie nationale Renault fait de la réclame dans les écoles, en remettant à chaque élève une sorte de gros pin's pour fêter la sortie de la 500.000 ème 4 ch.

1956 : achat du tracteur Pony de chez Massey-Harris. Une révolution !

Que de changements, d'allègements de peine pour mon père, surtout pour les labours.

Le phénomène est le même que pour la voiture : chaque agriculteur s'équipe et s'adapte à la mécanique.

En une dizaine d'années (1955-1965), toutes les fermes de Marsac-sur-Don délaissent les bœufs, pour acheter tracteurs et autres matériels agricoles adéquats.

Si, en remplaçant l'araire en bois la charrue fit entrer au cours du XI$^{ème}$ siècle l'agriculture dans une voie très révolutionnaire, l'avènement du tracteur engendra des bouleversements fondamentaux, sans que les intéressés en mesurent bien la portée historique !



Dans cette partie du monde et dans cette région de France, depuis au moins 4.000 ans d'agriculture, la traction animale cède la place à la traction motorisée.

Depuis 150 générations, ou plus, l'homme a travaillé la terre, construit des outils rudimentaires, puis domestiqué des animaux sauvages pour en faire des bêtes de somme et de trait.

En seulement deux générations, les nouveaux procédés d'exploitation de la terre, pour nourrir l'Humanité, bouleversent les méthodes de travail. Le remembrement à venir modifiera considérablement les paysages.

Les lopins de terre avec talus et fossés, issus des partages au fil des héritages, ne peuvent recevoir les machines nouvelles (tracteurs, moissonneuses-batteuses…). Le remembrement consiste à araser des talus et regrouper de grandes parcelles, ferme par ferme, pour en faciliter l'exploitation. Avec

l'arrachage quasi systématique des pommiers et taillis le ruissellement des pluies va appauvrir les sols.
D'une nécessité due à l'évolution technologique, s'ensuit un désastre écologique supprimant nombre d'espèces végétales et animales.

## L'école

Du domicile à l'école, nous parcourrons les 1.500 mètres à pied. Aux beaux jours nous chaussons les sandales. A la mauvaise saison nous portons brodequins ou galoches, à la semelle de bois. Pour en retarder l'usure, mon père prend une boîte de conserves, l'aplanit correctement au marteau, la découpe soigneusement pour épouser semelle et talon ; puis la fixe avec des maillettes (clous à grosse tête).



La lourdeur de ces chaussures ne nous permet pas de performance sportive, mais ainsi équipés nous n'avons jamais froid aux pieds.
L'école Saint-Léger appartient à l'institution les frères de Ploërmel (Morbihan), formés pour être religieux, éducateurs et missionnaires. Au nombre de 2.400, ils enseignent dans quatorze pays répartis sur les cinq continents.
Instituée par l'Église, leur œuvre se veut indispensable. Le Pape PIE XII, en 1954, déclare : « Que personne ne sous-estime les membres des instituts religieux enseignants, ni la fécondité de leur apostolat ».
De mes onze années de scolarité, dont huit en primaire, je dirais qu'elles furent d'une grande banalité. Quoi que...

L'école comprend trois classes. La première année, dans la petite classe, le frère Rogatien aux cheveux blancs nous enseigne l'orthographe et le calcul, avec fermeté mais compréhension. Quand nous ne comprenons pas, il recommence.

Dans la seconde classe : changement d'ambiance.

Nous avons un jeune instituteur, probablement persuadé que ses arguments entrent mieux par la force que par la pédagogie. Nous sommes plusieurs : Marcel Guerlan, Dominique Maulier, Raymond Massoulière... à recevoir des claques assez régulièrement.

Je ne résiste pas à raconter l'anecdote suivante. Après le baptême de ma petite sœur, dont je suis le parrain, mes parents me confient dragées et paquet de cigarettes à offrir au maître Louis Gaudin, gros fumeur. J'exécute ma mission. Il me remercie. Je suis très surpris de sa gentillesse lorsque, interrogé, je peine à donner la bonne réponse mais ne reçois pas de punition.



Son attitude dure quelques jours (peut-être le temps de griller les tiges de huit), puis le quotidien reprend son cours... avec le lot de claques habituelles et des mots à copier cent fois.

A neuf ans, à peine, je comprends que les adultes peuvent se révéler de vrais- faux jetons !

Le savoir-vivre fait partie de son programme. Nous apprenons à nous exprimer correctement en français (au lieu du patois), à bien nous tenir à table, à marcher avec élégance, etc.

Il nous intéresse à l'actualité en commentant, par exemple, la conquête de la montagne la plus élevée au monde : l'Everest en mai 1953.

L'année suivante, nous avons un autre instituteur à la barbichette grisonnante et l'allure bonhomme. Avec tendresse, nous le surnommons : Barbichon.

Tout le contraire du jeune. J'ai plaisir à apprendre et m'efforce de ne pas le décevoir.

Il nous apprend à chanter en groupe, puis en solo. En chantant : là-haut sur la montagne, l'était un vieux chalet ... de ma plus belle voix et le plus juste possible, devant toute la classe, j'éprouve une grande joie.

Outre fumer la pipe, il aime faire de la photo. Il prend le temps de bien régler son appareil sur trépied télescopique de sorte à ne pas rater la prise. Près de soixante années se sont écoulées et les photos restent toujours impeccables.

Tous les matins, à la récré, nous avons un bol de lait (avec un peu de chocolat). La mesure prise par le Président du Conseil, Mendès- France, consiste à enrayer la malnutrition dans les milieux populaires. Tous les enfants des écoles y ont droit. A la campagne, aucun de nous n'a de carence en calcium ou autres vitamines. Du lait entier, nous en buvons matin et soir si nous le désirons.



Dans la cour, nous nous divisons en deux groupes. Avec la balle, nous nous tuons les uns les autres dans les cris et la bonne humeur partagés. Considéré comme tireur d'élite, nous aimons avoir Jean Rouve dans notre équipe. Il nous assure la victoire.

Le midi, je prends ma musette et avec mon cousin Etienne nous allons déjeuner chez lui à la ferme manoir de Tréveleux. J'y retrouve oncle et tante, les deux cousines, ma sœur Marie-Pierre et bien sûr grand-mère Modeste, (mes trois sœurs aînées

ont plus de quatorze ans, mon frère est en pension et mes deux petites sœurs trop jeunes pour être scolarisées).
Ma mère prépare nos tartines accompagnées d'œuf dur, de charcuterie, etc.
Pensant nous faire plaisir, grand-mère nous sert une boisson qualifiée de café. Pratique issue des pénuries de la guerre, elle continue à faire griller de l'orge mélangée à la chicorée. Aimant beaucoup plus le sucré que le salé, ou l'amer, j'ai rapidement une aversion totale pour cet infâme breuvage. Pour autant, je ne vois pas comment je peux me permettre de lui dire non.
Un jour je trouve le courage. Elle accepte ma décision et ne m'en tient pas rigueur.
Dans la cour de l'école, nous parlons de l'avenir et de l'an... 2000. Après les automobiles, nous envisageons tous nos déplacements... par hélicoptère !

Dans l'actualité nous entendons parler de la guerre en Indochine, du 17ème parallèle et de la défaite de l'armée française en mai 1954 à Diên Biên Phu.
Les quatre dernières années se déroulent dans la grande classe, avec comme maître, le directeur : frère Denis.
Chacun de nous sait qu'avec lui, ça ne rigole pas. Nous allons en faire l'expérience.
La journée commence de façon immuable. Après la prière, nous écrivons sur notre cahier une citation, suivie de cinq lignes d'écriture – avec majuscules et minuscules – munis de notre plus belle plume sergent-major, trempée régulièrement dans l'encrier. Nous maîtrisons la technique pour éviter les taches d'encre violette, le buvard étant un outil précieux.

Nous n'avons pas intérêt à être dans la lune. Il n'y a pas de répit dans le travail.
Selon les jours de la semaine : analyse grammaticale, logique, dictée, histoire, géographie, rédaction, récitation, multiplications, divisions et preuves par neuf, fractions et autres problèmes de surface, rendement de céréale et prix de revient à l'hectare ; et de temps à autre, dessin, calcul mental.
J'ai longtemps pensé que je faisais partie des cancres, même si en écriture il m'arrivait d'être le premier et en orthographe, ne faire aucune faute.
Pour avoir retrouvé le carnet de correspondance 1956-57, j'ai constaté que le graphique des notes mensuelles oscillait entre bien et très bien. Je n'étais donc pas si nul !
Et pourtant…
Le frère Denis à la main lourde, très lourde même, quand ça ne va pas à son gré.



Je ne fais pas partie de ses chouchous et pour paraphraser Coluche : nous sommes tous égaux… mais certains plus que d'autres !
Tirer l'oreille, les cheveux, taper dans la nuque, triple fessée et pincer les biceps -à faire hurler- font partie de son arsenal de sanctions.
Dans notre livre d'agriculture, une citation me plaît beaucoup : « On obtient davantage du cheval par la douceur que par la violence ».
Je me demande pourquoi nous sommes moins bien traités d'autant que mon père ne bat jamais Bichette.
La fois où je reçois une fessée mémorable, je me promets de ne jamais battre et laisser battre mes enfants… si un jour j'en ai.

Au moment du rendu des corrigés, j'ai souvent la peur au ventre doutant de mes capacités à bien répondre aux devoirs (les compositions).
Il lui arrive de piquer de grosses colères. Nous avons droit alors aux : Schnell, schnell ; raus dabagn Nous entendons : raaaoust et avons intérêt à nous précipiter dehors.
Certes, il s'est retrouvé en Allemagne durant la guerre – peut-être dans le cadre du S.T.O. ? - et a sûrement beaucoup souffert.
Est-ce une raison de traiter ses élèves pareillement ?
Nul doute qu'aujourd'hui de tels comportements d'enseignants relèveraient de maltraitance à enfants.
Pourquoi a-t-il pu sévir de longues années sans être inquiété ?
Parce qu'il était inconcevable de mettre en cause les façons de faire de celui qui portait la soutane. Il représentait l'autorité de l'Église, ou de son corps enseignant.
Jusqu'au jour où…
Pour qui a vu le film « Les choristes », l'histoire suivante s'y apparente fortement.
Début 1957. A la sortie de l'école, il ordonne à une quinzaine d'entre nous (âgés de 12,13 et 14 ans) de rester en classe.
Motif : recopier une lettre écrite au tableau. La remettre à nos parents pour signature et ordre de la rapporter le lendemain.
En substance elle dit ceci : je ne serai pas responsable de l'échec de votre fils en fin d'année. Le soir, après l'école, il s'occupe des filles au lieu de faire ses devoirs.
A ce moment précis, je ne me sens pas le courage de l'affronter en disant : je refuse d'écrire.

Je compte sur un copain, Gérard Clavry, le plus extraverti d'entre nous et de surcroît excellent élève, pour monter au créneau. Mais personne n'ose contester l'ordre du cher frère directeur.

Nous sommes stupéfaits, abasourdis. Certes en rentrant de l'école, il nous arrive de parler et rire avec les filles, place de l'église, dix minutes un quart d'heure. Quelle bigote nous a balancé ?

Arrivé à la maison, je donne la lettre à ma mère en lui disant ne pas comprendre, car nous ne faisons rien de mal à discuter avec les filles de notre âge.

Par contre je vois bien que je lui fais de la peine. Quand à mon père, je crains la paire de gifles. J'en suis épargné.

Le lendemain matin, tous remettent la lettre comme exigé. A la récré, André Ferblan nous met du baume au cœur : Mon père a écrit : je ne signerai pas des imbécillités pareilles.

Cette prise de position va, sans doute, enclencher le processus de mutation du directeur.

De mon côté, aimant beaucoup ma mère, je ne supporte pas son chagrin et me promets de réparer cette injustice au mieux de mes capacités.

En fin d'année nous passons un examen. De cette façon l'école catholique teste ses élèves sur leurs aptitudes à obtenir le certificat d'étude primaire l'année suivante. Cet examen a lieu le 12 juin 1957 en l'école privée de Nozay.

Appliqué, assidu, mettant toutes mes facultés à bien travailler, la journée se déroule on ne peut mieux. Les épreuves terminées, avec le frère Denis, nous attendons les résultats parmi d'autres élèves de paroisses voisines.

Je ne sais combien il y a de mentions. Mais je crée la surprise totale lorsque m'est attribuée la mention : très bien !
Je viens de faire la démonstration qu'un adulte, fut-il religieux, peut se tromper lourdement à l'égard de ses élèves.
En annonçant la bonne nouvelle à ma mère, elle comprend parfaitement le message et est contente de son fils.
Cette année-là ma sœur aînée se marie. J'ai treize ans et la taille adulte. Les uns et les autres m'en donnent seize ! Et secrètement je suis amoureux de la belle Aline, âgée de dix huit ans !
Dans l'actualité : la surprise est immense en apprenant le lancement du premier satellite soviétique Spoutnik qui envoie dans l'espace le 3 novembre 1957 pour un voyage sans retour, la petite chienne Laïca.

La dernière année d'école primaire se déroule correctement, sans punition corporelle et avec la réussite au brevet sportif, puis l'obtention du C.E.P. de la République en l'école publique de Guémené-Penfao.
Au printemps, à l'occasion d'une leçon de morale (pour notre future vie d'adulte), le frère directeur nous dit : n'agissez jamais sous l'emprise de la colère.
Probablement vient-il d'apprendre sa mutation ?
En septembre 1958 il prend ses nouvelles fonctions à Campbon.
L'été 1958 est pourri !
La récolte se fait sous la pluie quasi quotidienne. Les anciens ont rarement vu les grains germer tout en haut des barges, avec l'aspect insolite de verdure en cet endroit.

Les commentaires vont bon train : - Et voilà ! A envoyer leurs engins dans l'espace, ils ont détraqué le temps.
Les battages se déroulent le plus souvent avec les pulls et autres tenues de pluie. Les températures dépassent rarement les 25°... tout comme l'été 2007, au nord de la Loire.
Partout en France, les réservistes partent en A.F.N. (Afrique Française du Nord) et les appelés du contingent restent mobilisés, puis à leur tour rejoignent leurs aînés. L'angoisse monte dans les familles.
Des années durant, tous les matins, à écouter les soldats qui envoient de courts messages à leurs familles, par la radio, je pense : mais cette saloperie ne s'arrêtera donc jamais ?
Personne ne parle de guerre en Algérie et surtout pas les officiels.



Les gouvernements se font et se défont au fil des semaines et des mois. Mon père considère que le Président de la République, René Coty, ne tient plus rien.
Il nous faut un homme à poigne, tel que le Général de Gaulle dit-il.
C'est fait en juin 1958. La constitution de la cinquième République est adoptée par référendum et à la fin de l'année, de Gaulle est élu Président de la République par un collège de grands électeurs.

Dans le poste de radio, Tino Rossi chante : Maman tu es la plus belle du monde et la voix de Dalida me subjugue avec : Bambino, bambino... .

## La formation professionnelle

A quatorze ans les ennuis de santé commencent, favorisés probablement par la génétique... je suis asthmatique.
Le médecin de famille Mérand, me soigne par scarification. Tous les quinze jours je me rends à Nozay en son cabinet. Il incise une fesse par lignes verticales et horizontales.
Je fais des mots croisés sur ton derrière dit-il, tout en appliquant une pommade qui pénètre aussitôt dans le sang.
A vélo je parcours les quatre kilomètres pour rentrer à la maison, les fesses en compote. Le traitement dure six mois. Je serai tranquille une dizaine d'années.
Je prends le parti de ne pas étaler mes problèmes de santé tant ils ont été quasi permanents depuis l'âge de vingt quatre ans. Ils touchent trop à l'intime pour que je les aborde.

De même pour mes relations amoureuses.

L'école primaire terminée mes parents m'inscrivent à l'école d'agriculture saint Joseph (frères de Ploërmel) à Derval, pour une formation technique de trois ans, en alternance, d'octobre à février.
Nous sommes dix huit à venir des communes voisines. Le plus éloigné habite Vigneux de Bretagne près de Nantes. L'essentiel des élèves vit en internat, mais nous sommes quelques uns à

être demi-pensionnaires eu égard au manque de moyens financiers des parents.

Notre professeur principal -religieux mais néanmoins ingénieur agronome- a le souci de faire progresser nos connaissances. D'humeur égale, il ne se fâche jamais.

Il nous apprend la composition des sols. Bien que la Loire-Atlantique fasse partie du massif armoricain, avec du granit et du micachiste, il nous fait observer que le pays de Châteaubriant est propice à l'élevage et aux cultures céréalières, alors que celui de Redon avec ses sols argilo-siliceux, porte davantage de forêts et de landes.

Autrement dit, suivant le lieu de nos exploitations familiales respectives, nous ne pouvons attendre les mêmes rendements à techniques équivalentes.



Nous apprenons les variétés de céréales, leurs maladies et les rendements à l'hectare.

Chez mes parents ils atteignent vingt quintaux ; des copains disent obtenir vingt cinq, trente quintaux eu égard à des terres arables de meilleure qualité.

Nous savons que le grand Ouest de la France est le principal producteur de lait. Nous sommes donc très intéressés par tout ce qui se rapporte à l'élevage des bovins et à l'amélioration du cheptel. La race Nantaise est supplantée par la Normande et la Frisonne Hollandaise (appelée depuis : Prim'holstein), bien meilleures laitières, au point de quasiment la faire disparaître.

Au début de la domestication une vache produit moins de mille litres de lait par an. En 1960, environ 6.000 et en 2008 son rendement atteint 10.000 litres. Une telle évolution nous

encourage à toujours faire mieux dans la sélection des reproducteurs mâles et femelles.
L'insémination artificielle participe de cette démarche. Les taureaux sélectionnés font partie des meilleurs élevages du département.
Chaque mois, le frère-ingénieur organise une visite sur le terrain. Toujours à vélo nous parcourrons dix, quinze kilomètres pour découvrir de nouvelles techniques agricoles dans une ferme, dite pilote.
Il nous guide également dans les travaux pratiques d'électricité, de menuiserie et de culture fruitière dans l'immense jardin de l'école.
Nous le considérons comme notre tuteur et j'ai le plus grand respect pour lui.
Le vétérinaire de Derval vient nous débiter son cours de zootechnie d'un ton monocorde, à endormir la classe ! Je n'ai jamais rencontré un enseignant ayant autant de mépris vis-à-vis de ses élèves. Il ne manifeste aucun intérêt pour nous. Il a rapidement la réciproque. Nous ne l'écoutons plus !
Peut-être n'est-il pas intéressé de perdre une heure avec nous, lui qui considère ne travailler que s'il gagne 500NF (nouveaux francs) par jour ?
Pour comparer, un ouvrier agricole est payé cent fois moins et mes parents - en 1961- vendent une vache 700NF !
Le frère directeur nous enseigne la sociologie... vue par l'Église.
En donner quelques éléments peut paraître dépassé au vu de l'évolution des mœurs. Je ne le crois pas, étant donné les positions actuelles des évangélistes et autres créationnistes aux États-Unis.

Nous apprenons que :

La famille repose sur le droit naturel, donc sur la volonté du Créateur. Lui porter atteinte revient à saper la société.

Le mariage comporte essentiellement la procréation. La sainte Trinité se trouve ainsi reflétée dans cette institution humaine.

Mais encore...

L'État est chargé par Dieu d'organiser la société pour ce qui est du temporel. Il importe que ses projets respectent les droits de Celui-ci. Il faut donc que l'État respecte la famille qui est d'institution divine, alors qu'il n'est qu'une institution humaine.

Toute loi qui méconnaît les droits de Dieu est mauvaise et ne saurait être soutenue par un chrétien. Or si la loi protège le contrat de mariage, elle admet aussi les cas de divorce. Depuis ils ne cessent d'augmenter. Funeste aux enfants ils se voient jetés à l'aventure. Aussi la criminalité enfantine augmente-t-elle en proportion des divorces.



Quel programme...

Outre cet enseignement fondamental, ce frère directeur prend plaisir à nous dispenser des cours de... mécanique.

La journée terminée, à la nuit tombée, je parcours à vélo les dix kilomètres pour rentrer à la maison.

Je crains d'être agressé par quelque chemineau (vagabond) errant sur les routes à la recherche de nourriture et de logis.

Trois semaines après le début des cours, je prends peur lorsque j'entends du bruit dans la haie bordant la route au lieu dit : le fond des bois. J'en fais part à mes parents et suis accueilli de façon remarquable, tout le temps de cette formation, chez mon oncle Pierre au village de l'Écho à deux kilomètres de l'école.

Dans la classe règne un bon esprit de groupe, surtout pour se lancer des défis stupides. Le midi au réfectoire nous avons quelquefois des discussions animées, au sujet :

- des manifestations d'agriculteurs (1959-60),
- de l'entrée en vigueur du nouveau franc (1960). Une pièce de un franc a la même valeur qu'un billet de cent, hier. Ca donne l'impression de ne plus avoir d'argent. Quelle affaire !
- de l'éclipse totale du soleil (15 février 1961). Les savants prévoient la prochaine le 14 août 1999. A 55 ans nous serons sacrément vieux ! Serons-nous encore tous là pour observer ce phénomène astronomique impressionnant ? Telle est notre réflexion existentielle.
- de l'intérêt de voter oui pour le référendum sur l'autodétermination en Algérie (1961).
- Des attentats de l'O.A.S.[3] en France et en Algérie.

Les jeunes paysans que nous sommes s'intéressent à l'actualité économique, sociale et politique de leur pays.

A la récré, parfois, nous fabriquons l'objet très à la mode : le scoubidou ; tout en fredonnant des pommes, des poires et des scoubidous… bidous… ah… de Sacha Distel.

De temps à autre, le dimanche après-midi, nous nous retrouvons quelques uns à la salle de cinéma, à Derval, dans l'espoir d'y rencontrer des filles ! Nous en connaissons

[3] Organisation de l'Armée Secrète.

plusieurs : Annick, Béatrice, Geneviève, Jacqueline, Maryvonne, Monique...

Ah Béatrice ! Nous la prénommons Babette, en référence à la star si sensuelle du cinéma français. Jolie blonde au chignon (très apprêtée mais sans bas résille ni talon aiguille), elle est notre B.B. locale et chacun fantasme... mais personne ne sort avec. Nous avons seize ans.

Cette année-là, en 1960, mon parrain se marie. La noce a lieu au pays de la mariée, à Palladuc - Puy de dôme -. C'est mon premier grand voyage, avec la découverte de la montagne.

Oncles et tantes, cousins et cousines découvrent les conditions de vie du monde rural beaucoup plus difficiles qu'en Bretagne. Michel Debatisse, oncle de la mariée, nous fait visiter sa ferme et en même temps nous parle de son engagement syndical au C.N.J.A. (Centre National des Jeunes Agriculteurs).



Dans la décennie soixante dix, il deviendra président de la F.N.S.E.A. (Fédération Nationale des Syndicats d'Exploitants Agricoles), puis secrétaire d'État. Il travaillera activement à l'intégration de l'agriculture française dans le marché commun.

Nos hôtes nous font visiter leur atelier familial de coutellerie, activité indispensable pour subvenir aux besoins matériels pendant les longs mois d'hiver.

Je me souviens aussi du passage du Tour de France à Nozay (vient-il de Nantes ou Saint-Nazaire ?). Yvette Horner, arrimée sur le toit d'une voiture joue de l'accordéon, sous les applaudissements du public. Elle constitue l'attraction principale de la caravane.

En troisième année de formation, je propose à mon père de nouvelles méthodes de culture. Entre autres, les prairies artificielles de façon à obtenir une herbe de bonne qualité nutritive avec l'objectif d'améliorer le rendement de lactation des vaches.

Un jour j'ai dû lui chauffer les oreilles avec ça. Il se fâche.

- Tu feras ce que tu voudras quand tu seras à ton compte. Pour le moment c'est moi le patron.

Piqué au vif, la réponse fuse.

- J'en ai marre ! Ça sert à quoi d'acquérir des connaissances si vous refusez de les expérimenter. De toute façon vous continuerez tout seul, après l'armée je ne reviendrai pas à la ferme.
- !!!

Sœurs et frère aînés nous connaissons les difficultés de communication tellement nos rapports familiaux reposent sur l'autorité patriarcale.



J'ai souvent repensé à cet incident. De nombreuses années après, je compris la contradiction insurmontable dans laquelle je le mettais : le bien-fondé d'une nouvelle technique qui faisait ses preuves contre l'indiscutable autorité sur son fils.

Cette même année je suis avec intérêt, à la radio, la conquête de l'espace. Nikita Krouchtchev et les soviétiques, pionniers de cette conquête, ont envoyé le premier homme dans l'espace : Youri Gagarine.

Les Présidents Eisenhower, puis Kennedy ne veulent pas être en reste et leur objectif est d'envoyer un équipage américain sur la Lune, avant la fin de la décennie soixante.

Lors d'une brève discussion où je fais part de mon optimisme quant à la capacité des Hommes à conquérir notre satellite, mon père me dit tout de go :

- Mon pauv' gars, aller sur la Lune, mais tu raisonnes (résonnes)... comme une grosse caisse.

Il me fait comprendre que je rêve, que je suis dans la Lune... Il y a urgence à atterrir !

Fort mécontent je me promets de lui en reparler le moment venu.

Au printemps de chaque année, l'école organise une sortie hors du département. En car nous allons visiter l'usine de tracteurs Renault au Mans, le Mont Saint Michel, le haras national du Pin en Normandie, prestigieux établissement fondé par Colbert et qui fait figure de Versailles du cheval. Nous sommes ébahis. Chaque nuit un palefrenier surveille les chevaux de sa chambre, située dans l'écurie, pour assurer la sécurité de ces étalons, pur sang, hors de prix.



Comme toute formation, en fin de troisième année, la nôtre est sanctionnée par le B.A.P. (Brevet d'Aptitude Professionnelle). Diplôme en poche, je sais que mes études ... ne me poursuivront pas plus loin ! Quand bien même voudrais-je continuer, mes parents n'ont pas les moyens de payer des études au lycée.

Cette période est riche en évènements. Mes deux autres sœurs aînées se marient ainsi que plusieurs cousins et cousines. Je fais partie des garçons d'honneur, parfois le premier, et suis fier d'avoir une demoiselle d'honneur.

La première naissance, une petite fille prénommée Céline, fait de mes parents les plus heureux des Pépé et Mémé. Au fil des

années, vingt deux autres petits enfants les comblent de bonheur.
C'est aussi, depuis 1957, le départ pour l'Afrique Française du Nord de presque tous les appelés du contingent. Officiellement ils partent pour dix huit mois et en feront… vingt quatre, vingt huit, trente deux !
Ils ne se retrouvent pas tous en première ligne pour la corvée de bois ; en clair les exécutions sommaires ; mais bien peu échappent aux diverses opérations.
A la radio nous entendons parler de fellaghas, de terroristes, de missions, d'embuscades, de pitons rocheux, des gorges de Palestro, des Aurès, de petite et grande Kabylie…
Cousins, futurs beaux-frères et frère sont embarqués dans cette galère.
Dans les communes voisines un cercueil plombé arrive de temps à autre. Sur deux millions d'appelés qui servent en A.F.N., plus de vingt deux milles perdent la vie. Marsac-sur-Don est une des rares communes du secteur à ne pas déplorer la mort d'un de ses jeunes.
Toutes les familles sont soulagées, le 18 mars 1962 en apprenant la signature des accords d'Évian et, le lendemain, le cessez-le-feu.
Cette période de la vie de notre pays m'inspire deux réflexions.
-Presque cinquante années du XX^ème^ siècle (1914-1962) furent jalonnées de deux guerres mondiales et de deux guerres coloniales ; mais il faudra attendre 1999 pour que le gouvernement français reconnaisse la guerre en Algérie. Auparavant, il s'agissait d'opérations de maintien de l'ordre.

-Depuis fort longtemps, génération après génération, les jeunes du contingent à 19-20 ans, étaient considérés adultes pour servir de chair à canon et pas encore citoyens pour obtenir le droit de vote.

Quel cynisme de la part des politiques.

## Les loisirs

N'ayant rien de commun avec le travail en usine, ou sur les chantiers, il n'en demeure pas moins que le travail est quotidien, dimanche compris, avec la traite des vaches...et les distractions plutôt rares.
Ce serait prétentieux d'écrire que je danse bien, mais j'aime aller au bal. Bal de noce lorsqu'il s'agit d'un couple connu, ou bal public. A l'occasion de la fête du muguet, le premier mai, au Gâvre ; pour la fête de la Saint Jean à Derval...
L'hôtel restaurant Gergaud, à Nozay, a investi dans une très belle salle de mariages, l'une des plus cotées entre Rennes et Nantes ; Saint-Nazaire et Châteaubriant. Pour la rentabiliser, le patron organise des bals publics très souvent avec des orchestres de renom : Marcel Azolla, Yvette Horner, Maurice Larcange et tant d'autres.

Quel plaisir de participer à un bal avec pour chef d'orchestre André Verchuren !

Le rock'n'roll fait fureur, mais aussi le twist, le madison, le jerk, sans oublier le tcha-tcha-tcha, la valse et autres danses langoureuses. Danser sur les chansons...

- tous les garçons et les filles de mon âge… de Françoise Hardy,
- j'entendrai siffler le train… de Richard Antony, ou l'inoubliable
- retiens la nuit… de Johnny Hallyday
…Me rend sacrément amoureux…de Ghislaine.
Nous sortons de l'époque zazou et entrons dans celle du yéyé.

## Le service militaire

Lors des trois jours passés à Guingamp -Côtes du Nord - en vue de préparer l'incorporation, j'insiste auprès de l'officier chargé de l'entretien avec les futures recrues, pour intégrer la marine.
Je suis agréablement surpris en recevant ma feuille de route : j'entre dans la marine nationale. A Marsac-sur-Don je fais exception.



Le centre de formation maritime, sur les bords du lac d'Hourtin en Gironde, reçoit tous les deux mois plusieurs centaines de jeunes pour y faire leurs classes.

Apprendre à marcher au pas, le garde à vous, le salut, la présentation aux couleurs, faire son paquetage au carré avec repassage obligatoire, le maniement des avirons à bord d'une baleinière, la godille, monter la garde… Dommage, on ne nous apprend pas à nager !
J'ai horreur des armes. Le moment venu, dans le stand de tir, je me débrouille de telle sorte que je suis incapable de tirer. Le

second- maître instructeur comprend qu'il faut mieux m'occuper à autre chose.

En possession du permis de conduire, j'obtiens le permis militaire en conduisant une belle Traction Citroën dans les rues d'Hourtin. Muni de ce sésame, j'échappe au maniement d'armes et autres gardes.

La formation théorique nous apprend les principes intangibles inscrits sur tous les bâtiments de la marine nationale : Honneur, Patrie, Valeur, Discipline.
Comme dans toute profession, nous devons nous familiariser au langage spécifique. Nous connaissons plus ou moins : tribord, bâbord, accostage, appareillage ; mais n'avons jamais entendu parler de : bout, (prononcer : boutt), défense, bite, bolard, souquer, coupée et autre bordée.

Quand aux équivalences de grade avec l'armée de Terre et de l'Air...
A l'issue d'un mois de classe nous sommes aptes à rejoindre une nouvelle destination. Qui à Toulon, Brest, Cherbourg, Lorient, à bord du Clémenceau ou du Foch... voire en Algérie. Les accords d'Évian prévoient le maintien des troupes françaises jusqu'en 1965.

C'est ainsi que je suis affecté, en 1963, à l'Amirauté d'Alger.

Après quelques jours de transit à Toulon, nous sommes une vingtaine à embarquer à bord d'un cargo. Durant la traversée, un copain breton, inscrit maritime c'est-à-dire professionnel dans la marine marchande, m'explique l'attraction de la lune sur la mer avec le phénomène des marées.
Nous avons le même âge -19 ans- et il est déjà cap-hornier !

En débarquant à Alger, je découvre un autre continent, un autre monde. Je suis stupéfait de voir les femmes entièrement voilées de blanc, à l'exception des yeux ! Je n'ignore pas cette coutume car j'ai vu des photos, mais les voir en vrai c'est autre chose.
Et avec grande naïveté je me demande comment font les jeunes pour se plaire, puis s'aimer.

Arrivé à l'Amirauté, je rejoins le garage appelé centre auto. En devenant chauffeur, j'obtiens mon premier galon : matelot avec spé (spécialité).

Nous sommes en octobre et il fait très chaud. Accompagné d'un sous-officier qui connaît bien Alger, je dois m'adapter très rapidement aux nouveaux véhicules et surtout à la circulation d'une grande ville dont j'ignore tout. En fin de journée je suis fourbu.
Je n'ai pas d'élément historique sur la construction de l'Amirauté, érigée en partie sur les rochers. Cette forteresse avance en mer telle une digue énorme, longue de trois cents mètres, large de cinquante et haute de plus de dix.
A l'exception de quelques bâtiments à étages, toutes les installations sont sous voûte, en réalité dans la digue.
Il se dit aisément que les tempêtes en méditerranée sont de la rigolade, comparées à celles de l'atlantique. Pour en avoir connu quelques unes, je puis affirmer que nous ne rigolions pas lorsque des vagues de sept, huit mètres se fracassent sur le mur-digue, alors qu'à l'intérieur... nous y avons les piaules.

En temps normal, tous les matins pour aller au jus (petit déjeuner), j'emprunte le chemin de ronde sur la digue.

Au Nord et à l'Est, les bateaux croisent au large. Au Sud Est, l'immense baie avec son port de commerce. Au loin, les montagnes de Kabylie aux sommets enneigés l'hiver. Sur toute la partie Sud et Ouest s'étale Alger la blanche adossée aux collines.

Un paysage de carte postale sur fond de ciel toujours bleu !

Alors que 2.500 à 3.000 personnes vivent sur la base maritime d'Hourtin, là nous sommes dix fois moins nombreux et bénéficions d'une toute autre ambiance. Comme partout à l'armée, nous répondons à l'appel du matin, puis vaquons aux tâches exigées. Mon supérieur hiérarchique, un sous-officier portant le grade de Maître –communément appelé Patron- me guide dans tous les déplacements en ville. Rapidement, l'autorité fait place à la discussion bon enfant.



Les sédentaires nous envient, surtout les fusillés marins occupés aux manœuvres de tir et autres pas cadencés.

A raison de trois heures de travail par jour, comparé à celui de la ferme, je me sens en vacance : au club de l'Amirauté. La planque en somme.

Dans la piaule, un copain possède un radio transistor. Grâce à lui nous pouvons écouter les infos internationales.

22 novembre 1963. Stupeur ! Le Président des États-Unis, John Kennedy est assassiné.

Au fil des jours et semaines je me débrouille au mieux pour conduire dans cette ville, où se croisent véhicules bringuebalants avec chauffeurs peu soucieux de respecter le code de la route et carrioles chargées d'oranges, ou mandarines, tirées par des chevaux, des ânes ou des mulets. A aucun moment il ne faut relâcher la vigilance... dans un concert de klaxons incessant !

Je me déplace sans trop de difficultés dans les différents quartiers : Bab El Oued Hussein dey, la grande poste, Notre-Dame d'Afrique, l'autoroute de la moutonnière – les moutons l'empruntent réellement - qui conduit à l'aéroport de Maison-Blanche.

Nos supérieurs nous déconseillent vivement de sortir seul. L'uniforme nous vaut l'hostilité bien compréhensible des Algérois. Un jour dans Bab El Oued je suis caillassé par trois gamins de dix, douze ans !

Dans ce quartier, précisément, nous savons que certains bâtiments ont abrité des tortionnaires de l'armée française.

Vrai labyrinthe, avec ses venelles, il ne vient à l'idée d'aucun d'entre nous de s'aventurer dans la Casbah.



La diversité des missions de chauffeurs nous conduit sur les marchés, chez les concessionnaires de voitures pour l'achat de pièces détachées, à emmener tel officier à l'aéroport, à l'ambassade de France, ou alors à Tipaza, Boufarik...

Nous sommes également à la disposition du Pacha – commandant – lors d'escale d'un bâtiment à la darse de l'Amirauté.

Parfois nous allons au couvent des sœurs Clarisse pour les accompagner en ville faire leurs courses.

Dès février nous avons plaisir à bronzer et en mars à nous baigner !

Mais un drame vient renforcer la vigilance des chauffeurs. Le planton d'une caserne de l'armée de Terre, située à l'entrée de Bab El Oued a été abattu en pleine nuit.

Cet appelé du contingent fut, peut-être, le dernier militaire à payer de sa vie les méfaits du colonialisme français.

Un jour de mars, au moment où je passe le permis poids lourd, le départ définitif des troupes est annoncé pour le 15 juin. Dès lors tout s'organise pour... détruire ce qui ne peut être rapatrié en France, sachant que la marine algérienne va prendre possession des lieux.

Les mécaniciens ne réparent plus, mais découpent les véhicules au chalumeau avec ordre de les charger sur des péniches et de les passer par-dessus bord à quelques milles de la côte.

La méditerranée, au large d'Alger, sert de poubelle.

Les chauffeurs ont ordre de brûler le mobilier des bureaux. Quel gâchis ! Quelle honte !

Aux environs du 10 juin 1964, le Kairouan - magnifique paquebot - met le cap sur Marseille, avec à bord plusieurs centaines d'appelés de l'armée de Terre et quelques dizaines de matafs - marins -.



Nous vivons, enfin, la fin officielle de l'histoire coloniale française, après 134 ans passés en Algérie.

Une courte permission permet de fêter mes vingt ans en famille, avant de rejoindre Brest dans l'attente d'une nouvelle affectation.

Lors de mes nombreuses missions à l'Amirauté, un jour je conduis le Commissaire -grade de commandant- à Blida.

- De retour en France, où aimeriez-vous aller pour finir votre service ? me demande-t-il.
- J'aimerais bien La Rochelle - La Pallice. Des huit mois passés ici je n'ai pris aucune permission. Ainsi, pourrais-je peut-être en prendre quelques unes ?

Après un séjour de trois semaines à Brest, je reçois ma feuille de route pour… La Pallice ! En la circonstance, je comprends que le hasard n'existe pas.

Découverte d'une autre base maritime, d'une autre ville. Je tombe en amour de La Rochelle. Son port, les deux tours, la grosse horloge, les rues sous arcades, le mail… Tout me plaît.

Fin du XIX$^{ème}$ siècle un port en eau profonde fut construit à La Pallice. Les Allemands y établiront une base sous-marine au cours de la seconde guerre mondiale. Impressionnante construction dont les murs de béton mesurent deux à trois mètres d'épaisseur.

Je quitte une forteresse pour en retrouver une autre.

Encore moins nombreux qu'à Alger, l'ambiance entre nous est super… et les missions plutôt rares. Quant aux permissions j'en ai une chaque mois. Par goût du risque et un peu par économie, je pratique l'auto-stop pour aller en Bretagne. L'uniforme de marin m'aide à rentrer rapidement chez moi : même de nuit je ne reste jamais longtemps à attendre un automobiliste bienveillant.



Je connais la route par cœur et sais très vite si le conducteur est bon ou mauvais. Je garde le souvenir de voyage à bord d'une Caravelle et même en Jaguar.

Ah ! La Caravelle de Renault. Je me vois déjà propriétaire de cette voiture de sport. Comme beaucoup de rêves… celui-ci ne se réalisa pas.

En novembre 64, accoste le porte-hélicoptères américain : U.S.S. Okinawa. Il fait escale quatre, cinq jours dont un week-end. Une réception a lieu, en leur honneur, à la Préfecture maritime de Rochefort-sur-mer. En 403 noire, je conduis

notre Commandant à cette soirée. Surprise ! Dans la cour je découvre la voiture du Pacha américain : une rutilante Cadillac longue de… six mètres ! La belle 403 fait piètre figure à côté de ce wagon !
Une opération portes ouvertes du bâtiment est organisée le samedi et le dimanche. Par centaines les gens se pressent sur la longue estacade qui avance en mer, permettant ainsi aux navires à fort tirant d'eau de pouvoir s'amarrer à quai.

Bousculade, défaut de surveillance des parents ? Une fillette de sept ans tombe à l'eau à une centaine de mètres du navire. Alerte et branle-bas à bord. Un marin plonge pour récupérer la petite. Spontanément, je me propose pour la conduire, avec ses parents, au pied de la coupée du bâtiment. Mais la foule compacte rend difficile la progression du véhicule et je faillis heurter, à plusieurs reprises, des promeneurs insensibles aux coups de klaxon.



Le lendemain, je suis chargé d'accompagner deux officiers américains au domicile de cette famille Rochelaise. Le barrage de la langue ne permet pas aux parents d'exprimer leurs remerciements comme ils le souhaitent, mais je suis témoin de leur immense reconnaissance. Sans le courage et la rapidité du plongeur, leur fille se serait noyée sous leurs yeux.

Un mois après, mes obligations militaires prennent fin.
J'ai souvent dit, garder un excellent souvenir de cette période, alors que tant d'autres jeunes exécraient ce passage obligé qu'était l'armée. Dans la marine régnait un esprit de corps assez remarquable. J'ajoute que si j'avais eu la possibilité de

faire des études supérieures, je me serais volontiers engagé dans la marine nationale, avec l'objectif de devenir officier.

## La vie de salarié

L'agriculture, au milieu des années soixante, connut des bouleversements importants avec le remembrement dans presque toutes les communes. Parallèlement, pour lui permettre de tenir sa place dans le marché commun agricole, des dispositions politiques exigeront une diminution du nombre de paysans : 360.000 d'entre eux rejoindront le monde salarié. L'exode rural fut considérable.
Certes je n'ai pas l'intention de rester à la ferme et je fais comme des milliers d'autres, je découvre l'entreprise en devenant chauffeur-livreur de boissons, vins et spiritueux chez Léon Lelièvre à Nozay.
Je livre les eaux minérales, sodas, bières (Champigneulles puis Kronenbourg ) et vins dans les bistrots, bars, hôtels, restaurants et boutiques d'alimentation, chez environ cent vingt clients répartis sur une trentaine de communes, dans un périmètre de quatre vingt kilomètres.
J'aime le contact avec les clients et ne rechigne pas à manipuler des centaines de kilos, chaque jour, tout en descendant et remontant des centaines de marches pour accéder aux caves.
J'ai en charge la facturation, sans calculette et l'encaissement ; l'essentiel se règle en monnaie sonnante et trébuchante. Bien peu de commerçants paient par chèque.
Le soir, à la maison, je vérifie caisse et factures. En cas de débours j'en suis de ma poche !

Seul salarié j'effectue des journées de dix heures... sans jamais connaître un samedi de repos. L'été je peux faire jusqu'à... soixante dix heures par semaine.
Tous les matins, je suis au turbin à sept heures pour vider le camion de la veille, les bouteilles en plastic n'existent pas et tout contenant est consigné, puis le recharger de nouveau.
Le patron arrive vers neuf heures. Le plus souvent je suis déjà sur la route et rentre rarement avant dix neuf heures après avoir livré chaque commerçant.
Comme tous les chauffeurs, à l'époque, je me sens libre. Pas de travail en usine, pas de patron sur le dos et je discute avec les uns et les autres.
En décembre de cette année-là (1965) je deviens, aux yeux de la loi, pleinement citoyen en votant pour la première fois à l'occasion de l'élection, au suffrage universel, du Président de la République. Charles de Gaulle est élu face à François Mitterrand.
Je travaille dur, mais suis heureux... avec Ghislaine, qui travaille également.
L'année suivante nous nous marions en l'église de Nozay et faisons la noce au restaurant Gergaud.
La charge de travail ne diminue pas, bien au contraire. Parfois je suis sollicité pour aider au déchargement d'une semi-remorque de 1.100 caisses de bière -soit 38.500 bocks- en provenance directe de Strasbourg... puis je pars faire la tournée prévue ce jour-là.
Les eaux d'Évian, Vittel ou Contrexéville arrivent par wagon. Les milliers de bouteilles (bloquées par de la paille) sont reprises une à une et stockées dans des caisses de bois.

Harassante manutention !

De nos jours, chaque chauffeur-livreur est équipé d'un transpalette de façon à soulager les charges et chaque entreprise travaille avec chariot élévateur.

Il n'y a rien de tout cela, même pas un diable.

M'en tenir à la semaine de 48 heures nécessiterait l'embauche d'un autre salarié, d'autant que le travail se complique avec l'entrée en vigueur de la Taxe sur la Valeur Ajoutée. Rédiger les factures hors taxe, puis faire ressortir la T.V.A. prend le double de temps.

Dans son principe les prix ne doivent pas augmenter. En réalité, ils font un bond de 20% et plus.

En 1967 nous nous préparons à devenir parents.

Négligence avérée du suivi de la grossesse de la part du médecin, maladie non détectée et accouchement difficile, tout contribue au décès de notre premier enfant deux jours après sa naissance.



A ceux qui m'encouragent en faisant preuve d'optimisme – durant ces 48 heures – je réponds que je ne suis pas pessimiste, mais réaliste quant aux possibilités de vie.

Le petit avait été transféré à l'Hôtel Dieu de Nantes. Médecins et infirmières me laissent bien peu d'espoir.

De retour à la maternité de Nozay, je m'efforce de réconforter au mieux mon épouse.

Douleurs terribles pour la maman de perdre son enfant.

Sentiments d'impuissance, d'injustice, mais aussi de colère vis à vis de ce médecin négligent, de la part du papa en conduisant son enfant au cimetière... le jour de ses 23 ans !

Dans le même temps, par la radio, nous apprenons que le général de Gaulle se tient informé, heure par heure, de l'évolution de la situation au Proche-Orient.

En mon for intérieur je crains – à tort – le rappel sous les drapeaux, au cas où l'armée française serait impliquée, pour prêter main forte, dans ce conflit qui plus tard prendra le nom de : Guerre des Six jours !

La vie continue vaille que vaille. Je travaille encore davantage pour répondre à l'extension de la clientèle, au point de ressentir fortement la fatigue peu avant le printemps 1968.

En avril, je réalise un chiffre d'affaire de 22.000 francs. Payé à la commission j'en reçois 1.000, mais le bulletin de salaire porte la somme de… 564 francs. Où comment ne pas payer la totalité des cotisations sociales !



Peu d'ouvriers perçoivent un tel salaire, mais tous ne travaillent pas 260 à 280 heures par mois.

Les grandes grèves de mai et juin aboutissent au constat de Grenelle – et non aux accords, contrairement à ce qui se dit communément, car il n'y a jamais eu de signature, – et le S.M.I.G. (salaire minimum interprofessionnel garanti) est augmenté de 35% ! Près de quatre millions de salariés en bénéficient. De moins de 600 francs, ils en gagnent 800 !!!

Le S.M.A.G. (plus faible que le s.m.i.g.) augmente de 56% et fait des heureux chez les ouvriers agricoles !

Les retombées de Mai 1968 furent multiples dans les années à venir.

Comme beaucoup de salariés en milieu rural, je ne participe à aucune grève ou manifestation, mais je m'informe de la situation sociale très tendue. Un soir j'assiste à une réunion publique où des étudiants, venus de Nantes, expliquent leurs revendications et souhaitent davantage de liberté.

A la faveur de ce brassage d'idées, je prends nettement conscience de mon exploitation et la trouve injuste au point de devenir insupportable. Je souhaite plus de temps libre pour me cultiver.

Concrètement, seul salarié, je fais vivre la famille de l'employeur composée de cinq personnes.

Épuisé physiquement, je me rebelle et le patron dit :

- je ne commande plus chez moi ; car j'ose lui demander d'investir dans du matériel. Ne voyant rien venir, je décide de partir ailleurs après la naissance du bébé.

Naissance entourée de toutes les précautions, en clinique à Nantes. Patrick a trois semaines quand je suis embauché comme représentant de commerce chez le concessionnaire de tracteurs Ford, à Laval.



Je parcours la verdoyante et riche campagne mayennaise, où troupeaux de vaches laitières et élevages de chevaux constituent le cheptel vif des agriculteurs, avec pour but de leur vendre du matériel agricole.

Quelque temps après, nous emménageons aux portes de la vieille ville aux rues pittoresques, avec maisons du XV$^{ème}$ à pans de bois. Non loin, nous aimons nous promener au jardin botanique de la Perrine.

La maman et le bébé se portent bien.

Habitué au contact de la clientèle et connaissant le monde rural, je pense convaincre les clients potentiels d'acheter tel ou tel outillage nécessaire à leur exploitation… mais je découvre un monde sinon hostile, du moins peu amène.

Je ne fais pas d'affaire et constate rapidement qu'il me manque le bagout nécessaire pour conclure un marché.
Durant l'hiver froid et brumeux, je n'arrive pas à guérir d'une bronchite.
A l'issue de plusieurs visites, le médecin a le mérite d'être clair.
-Votre asthme s'installe sur un organisme bien affaibli et le climat ici ne vous convient pas. Je vous conseille d'aller au Sud de la Loire, si possible en Vendée, vous y serez beaucoup mieux.
Dont acte...
Un autre élément important, à mes yeux, me décide à partir.
Au fil des semaines et de mes visites, j'ai créé un climat de confiance auprès d'une famille pour lui vendre un tracteur d'occasion.

Peu avant la livraison j'apprends, par Gérald le mécanicien, que le patron a décidé de fournir un tracteur du même type... mais dont le moteur se trouve en moins bon état et bien sûr pour le même prix ! Où comment gruger le client.
Écœuré d'une telle magouille, je refuse de cautionner ces méthodes. Je ne veux plus rester dans cette entreprise.
Après plusieurs déplacements en Vendée, je trouve du travail à La Roche-sur-Yon.

## Bienvenue en Vendée

Février 1969. Je pousse la porte d'une entreprise, dans la zone industrielle, à la Roche-sur-Yon. A l'accueil, un homme écoute attentivement mon déroulé de carrière. Une demi-heure après, il m'embauche comme chauffeur. C'est le directeur !

La semaine suivante, je fais partie du personnel de la SACER (Société Anonyme pour la Construction et l'Entretien des Routes). C'est une entreprise de trois milles salariés répartis sur le territoire national, avec son siège social à Paris.
Je n'imagine pas un instant les bouleversements à venir.
Dans le commerce, il était impensable de tutoyer un client. Là, personne ne se vouvoie.
Comme toute structure importante, cette grosse boîte de travaux publics a des directions régionales. L'agence de Vendée rattachée à Segré –Maine et Loire- est composée d'environ 80 salariés, répartis en une dizaine d'équipes encadrées par des chefs d'équipes, chefs de chantiers et conducteurs de travaux.
L'entretien des routes se fait à l'ancienne ; avec des cailloux (blocage) répandus à la niveleuse (motograder), compactés à l'aide d'un lourd cylindre, puis arrosés d'émulsion (goudron liquide) et recouverts de gravillons (mignonnette).
Ce procédé est rapidement supplanté par le revêtement d'enrobés à chaud, bien plus rapide dans sa mise en œuvre et d'un confort inégalé pour les automobilistes.
D'autres équipes s'occupent des travaux de voieries et réseaux divers, d'implantations et autres terrassements.
Le travail ne manque pas. Toutes les villes préfectures connaissent une augmentation de population, eu égard à l'exode rural et à la décohabitation des familles. La Roche-sur-Yon va passer de 30 à 45.000 habitants.
Sur le littoral, de Saint Gilles Croix de Vie à Saint Jean de Monts, des résidences pour vacanciers – construites par le groupe Merlin Gérin- poussent comme des champignons.

Horreurs architecturales et verrues environnementales dont personne ne se soucie !

Dès la période d'essai terminée, j'envisage sereinement le déménagement familial de Laval aux Sables d'Olonne.

Habitué à travailler seul, il me faut une courte période d'adaptation vis-à-vis des collègues de l'équipe. J'ai un problème : je ne comprends pas leur patois.

Curieux et amusé, j'essaie de m'immerger le plus possible dans ce langage poitevin, dont on retrouve bon nombre d'expressions chez nos cousins du Québec.

Au fil des mois, les collègues me dispensent, de bonne grâce, leur savoir. Je les comprends et parle volontiers comme eux. Toutefois, je ne saurai jamais écrire cette langue Rabelaisienne appelée : Parlanjhe.



Au gré des chantiers, nous sillonnons le département, mais éloignés de nos domiciles pour rentrer chaque soir, nous séjournons deux, trois semaines en pension de famille.

C'est le cas en mai 1969, en pleine campagne électorale pour l'élection présidentielle, à La Pommeraie-sur-Sèvre. Je partage la chambre avec un collègue passionné de foot et arbitre le dimanche. Je connais Claude Barbin pour être soucieux de nos conditions de travail et de salaire, car délégué du personnel.

A l'issue du premier tour, le candidat Georges Pompidou arrive en tête, suivi d'Alain Poher – Président de la République par intérim puisque Président du Sénat–, de Jacques Duclos pour le parti communiste et de Gaston Deferre pour les socialistes.

Il n'en revient pas :

Tu te rends compte, Duclos pour qui j'ai voté, le seul à défendre les ouvriers, fait 21,5% alors que Deferre fait tout juste 5%.

Le soir même (2 juin) à la télévision, Jacques Duclos appelle à s'abstenir pour le second tour, en lançant l'expression devenue célèbre : blanc bonnet et bonnet blanc.

Et Georges Pompidou est élu deuxième Président de la Vème République.

Ce collègue ne s'intéresse pas qu'au foot. Pétri de bon sens, il considère que les salariés doivent défendre leurs intérêts. Les grandes grèves de l'année précédente en attestent. Il respecte mes opinions imprégnées d'éducation religieuse, mais je le sens fier d'appartenir à la C.G.T. [4] et ne suis pas insensible à ses arguments, vu l'exploitation subie pendant trois ans dans le commerce.



Concrètement, je découvre l'organisation collective des salariés et le rôle social des syndicats.

Chantier après chantier, j'observe le savoir-faire des uns et des autres et suis satisfait d'avoir trouvé travail et ambiance si différents de ce que j'ai connu jusqu'alors.

Le 21 juillet 1969, le monde entier s'enthousiasme – surtout ceux qui ont la chance d'avoir la télé – de voir l'Américain Neil Armstong poser le pied sur la Lune.

Le lendemain nous ne parlons que de cet exploit. Il y a les enthousiastes, dont je fais partie :

Si les hommes sont capables d'aller sur la Lune, ce sera bien mieux qu'aller faire la guerre ... et les sceptiques :

---

[4] Confédération Générale du Travail.

Quel intérêt d'aller là-haut ? Pourquoi ne pas dépenser cet argent à des choses utiles ? ... et le vieux Kléber d'ajouter :

On est capable d'aller sur la Lune, mais infoutu d'avoir du matériel qui fonctionne. Ma bouille (goudronneuse) est régulièrement en panne et y a pas un mécano capable de la réparer. Qué vérole !!! .

A Fouy, grand-tante Françoise, devant sa télé, y va elle aussi de son commentaire :

- Ils ne savent plus qu'inventer pour nous faire rire.

Elle n'avait pas lu Jules Verne, ni les histoires de Tintin et ne crut jamais en la conquête de la Lune.

Nombre d'entreprises du B.T.P. ferment pour trois semaines de congés en août.

Je peux partager les joies de la vie de famille et m'occuper de Patrick qui se porte comme un charme.



Nous habitons à cinq cents mètres du bord de mer et en profitons pleinement quand il n'y a pas trop de vacanciers. La magnifique plage des Sables d'Olonne attire, déjà, nombre de Parisiens, de Tourangeaux et d'Angevins.

Un jour, regardant le petit qui se régale dans l'eau, une jeune fille s'exclame :

- Oh! Les beaux yeux bleus. S'il avait mon âge je ne vous demanderais pas la permission de le croquer.
- !!!

De retour au travail, un chef de chantier décide de m'emmener avec lui. Muni du décamètre, niveau sur pied, mire, équerre optique et calepin, il m'initie à l'implantation d'un nouveau chantier. Je trouve la démarche curieuse, car inhabituelle, mais ne pose aucune question.

Et si le patron avait décidé de me faire faire un autre travail que celui de chauffeur ?
Dans le même temps, au contact des délégués du personnel et des syndiqués, je ressens le besoin d'être avec eux et non pas à côté d'eux.
En fin d'année, Ghislaine met au monde Manon conçue à Laval.

## Le militantisme

En ce début d'année soixante dix, je me sens utile au sein de l'entreprise en conduisant camion ou autre pelleteuse. J'apprécie encore plus que l'on me confie un plan pour effectuer les relevés de niveaux sur le terrain, avec pour repère un point N.G.F. (Nivellement Général de la France) et ce, sous la responsabilité d'un chef de chantier.
Les implantations terminées, conducteur de bulldozer et de niveleuse entrent en action.
Je me sens utile certes, mais ne veux pas revivre l'exploitation subie antérieurement. Je vais trouver Claude Barbin : - J'ai décidé d'adhérer à la C.G.T. .
- Bienvenue ! Je suis très heureux que tu rejoignes notre organisation syndicale. Tu verras ensemble on fera du bon boulot.
Quelques semaines plus tard, Martial Emeri – conducteur de travaux- m'interpelle : - J'ai appris que tu as adhéré à la C.G.T. .
- Oui, pourquoi ?

- Tu as bien compris que le patron te fait confiance en te donnant des responsabilités plus gratifiantes que celles de chauffeur, ou de conducteur d'engins.

- Oui, mais où est le problème ?

- Je ne suis pas sûr que ton engagement syndical soit compatible avec d'éventuelles responsabilités d'encadrement d'une équipe.

- Ah bon ! Et si je fais bien mon boulot des deux côtés… .

- Ce ne sera pas possible…

Il vient de planter les jalons et la vie va lui donner raison.

D'autant que tout s'accélère. Élu délégué du personnel et au comité d'entreprise, puis au comité central d'entreprise les responsabilités s'accumulent, mais je ne lâche rien sur le sérieux professionnel. Nous sommes plusieurs camarades à considérer que les syndicalistes – surtout les délégués- doivent être exemplaires dans leur boulot.



Le directeur le sait parfaitement et l'apprécie lors des réunions mensuelles où nous défendons les revendications du personnel. Il y a respect mutuel. Notre démarche se justifie d'autant plus que l'un de nous a une fâcheuse propension à boire et le regrettons.

Chaque organisation syndicale -C.G.T., C.F.D.T., F.O…- fonctionne à peu près de la même façon. Avec les structures interprofessionnelles : unions locales, unions départementales. Avec les fédérations, regroupant une même activité professionnelle.

A l'union départementale, j'ai été repéré par Paul Arnaud, le secrétaire général.

La responsabilité de secrétaire de l'U.S.C. (union syndicale de la construction) étant vacante, il m'encourage en m'accompagnant aux réunions. Celle de Fontenay le Comte, où je prends la parole pour la première fois devant un auditoire bienveillant, me reste en mémoire : je bafouille sévère !

Ainsi commence mon engagement au service de ceux qui veulent connaître leurs droits et agir pour les défendre. Quant à leurs devoirs, les employeurs ne se gênent pas pour les leur rappeler.

De 1971 à 1975, une ou plusieurs fois la semaine, à 20h30, j'anime une réunion aux quatre coins de la Vendée. Cette vie militante avec ceux qui triment dur sur les chantiers, pour épuisante qu'elle soit, m'enthousiasme.

Le lendemain matin, il faut être en forme pour une nouvelle journée à la SACER sur tel ou tel chantier.



A La Roche sur Yon, les fermes le Genêt et l'Héraudière seront absorbées par l'extension de la ville en devenant le quartier pavillonnaire de la Genéraudière.

A Noirmoutier, il y eut la réalisation de la quatre voies lors de la construction du pont (le gois, ouvrage unique en Europe, ne sera presque plus emprunté). Je suis stupéfait et le dis à qui veut bien l'entendre :

- Pour accueillir les touristes, on empiète sur les bonnes terres que sont les polders, alors qu'il n'y a pas un kilomètre d'autoroute en Vendée. Une telle réalisation dans une île me paraît inappropriée.

- De quoi t'occupes-tu ? Ça nous donne du boulot. Le reste on s'en fout.

Je connais les qualités gustatives de la pomme de terre primeur de Noirmoutier (la bonnotte) et je participe à la destruction, partielle, de son terroir. Ça me révolte !

La déviation de Mauzé sur le Mignon (Deux-Sèvres) sera un moment important pour tester mes capacités à conduire un chantier de terrassement.

Sous la responsabilité directe de l'ingénieur de la D.D.E. – Direction Départementale de l'Équipement-, aidé par deux jeunes stagiaires et munis du théodolite, du plan avec profils en long et en travers, j'implante les quatre kilomètres du chantier permettant l'évolution des engins.

Il ne faut surtout pas se planter dans les calculs. Une erreur de dix centimètres en plus dans le décapage du terrain se traduirait par près de 5.000 m3 de déblais supplémentaires.



Eu égard à mon activité antérieure j'aime les chiffres, mais prends grand soin de me refermer (double contrôle) à chaque opération de profil.

Le chantier dure plusieurs mois et lorsque l'ingénieur me félicite pour le sérieux du travail accompli, j'éprouve de la fierté quant à la belle ouvrage réalisée par toute l'équipe.

Pour des raisons pratiques, la famille emménage à La Roche sur Yon en pavillon acheté 70.000 F, en 1971. Je gagne 1.160 F net pour 198 heures mensuelles. (A titre comparatif, en 2008, pour faire face à une charge équivalente, il faudrait gagner environ 3.300 Euros).

Après avoir travaillé comme nounou Ghislaine suit une formation de sténodactylo, puis travaille dans l'économie sociale. Les enfants fréquentent l'école maternelle et primaire du quartier : les Pyramides.

Dans l'entreprise nous sommes attentifs aux conditions de travail et de salaire. Nous considérons comme possible la participation financière de l'employeur à la mutuelle, la prime d'ancienneté pour tous...

La C.G.T. n'est pas longtemps seule. Les chefs adhèrent à la C.G.C. et un chauffeur brasse du vent avec le syndicat des routiers.

Où comment diviser pour mieux régner...

Membre du C.C.E. (comité central d'entreprise), je me déplace plusieurs fois par an au siège social à Paris. Avec Francis Chobelet, de l'agence de Rennes et quelques autres, nous nous retrouvons, la veille, au siège de la C.G.T. (213 rue La Fayette) pour préparer la réunion du lendemain, présidée par le P.D.G.



Ce genre d'expérience est inoubliable. Si quelques collègues médisent volontiers sur les ballades à Paris pendant qu'on trime sur les chantiers, nous devons être à l'affût de tous les pièges tendus par les experts comptables et autres conseillers.

Mais là aussi, nous sommes écoutés et respectés, notamment Francis. Je pense pouvoir écrire que s'il avait pu, lui aussi, faire des études supérieures il aurait été avocat en droit du travail. Il potasse dur et tient, souvent, la dragée haute à la direction.

Dans la profession il y a beaucoup de travail et à ce propos, si l'intervention de Martin Nadaud, député maçon de la Creuse - en 1850 – est passée à la postérité :

- Quand le bâtiment va, tout va ; économiquement je pense plus juste de dire :
- C'est quand tout va, que le bâtiment va.

L'entreprise fonctionne bien. Il n'y a donc aucune raison de ne pas obtenir satisfaction dans nos revendications et pourtant il faudra, à plusieurs reprises, faire grève.

En 1972, Paul Arnaud me propose d'être délégué au congrès de la C.G.T. à Nîmes.

Je découvre alors l'organisation nationale et suis particulièrement sensible à la solidarité internationale. Georges Séguy, secrétaire général, m'impressionne dans son plaidoyer pour libérer Angéla Davis, emprisonnée aux États-Unis.

Dans une interview elle dira : - On ne me pardonne pas d'être noire et communiste. On ne lui pardonnait pas non plus d'être philosophe.

La guerre du Vietnam fait rage. Meetings et manifestations pour la paix se succèdent. La photo de la petite fille nue et brûlée au napalm par les bombardiers américains B52 - qui fuit parmi d'autres victimes – fait le tour du monde en soulevant horreur et indignation.



Les travaux du congrès achevés, je reprends mon activité professionnelle et syndicale. Je suis de plus en plus déterminé à agir pour la justice sociale, au sein d'une CGT qui se veut de classe et de masse.

L'espoir en une vie meilleure est d'autant plus grand que les partis politiques de gauche signent un accord pour un programme commun de gouvernement.

## Les commissions paritaires

De par mes responsabilités départementales je participe aux commissions paritaires annuelles, présidées par l'inspecteur du travail.

Pendant plusieurs mois, nous préparons cette rencontre importante pour tous les salariés du B.T.P. en faisant des réunions dans les différentes unions locales. De plus, nous rencontrons nos homologues de la C.F.D.T. de façon à faire front commun face à la délégation patronale.

Une année, nous obtenons une revalorisation des salaires de 20% - mais l'inflation galope à 14, 16 % !

Un tel exploit n'a été possible que par l'unité d'action. Pour une fois, la C.F.D.T. partage notre analyse revendicative.

Je milite pour l'unité syndicale sachant que la division des salariés profite aux employeurs.



L'année suivante à notre grande surprise un représentant de F.O. venu de Nantes, participe à la commission paritaire.

En manigançant ce coup tordu la délégation patronale n'a pas supporté notre victoire de l'année précédente.

A la sortie de la négociation il est apostrophé : - Tu as été payé combien par les patrons pour signer un accord au rabais, alors que tu n'as aucun syndicat dans la profession ? Tu es un vendu, un jaune.

Hostile à la négociation, monsieur Guilbaud président du syndicat patronal, en est un bel exemple. A toutes nos demandes d'augmentation de salaire, de mesures pour améliorer les conditions de travail et de sécurité, c'est : NON !

J'ai rarement rencontré un interlocuteur aussi obtus. Probablement est-il mandaté par ses pairs qui n'ont pas digéré l'augmentation de salaire antérieure.

Première activité économique du département, avec près de 15.000 salariés, le B.T.P. est constitué de multiples entreprises, dont de très petites, avec en moyenne deux ouvriers par unité.

Soucieux de fidéliser leurs compagnons, des patrons plus compréhensifs les rémunèrent au-dessus de la grille paritaire.

Un jour, Maxime, très bon maçon (et militant cégétiste) décide de se mettre à son compte à l'île d'Yeu, sachant qu'il y a du potentiel de construction pour vacanciers.

Il s'installe, embauche quelques salariés, les payent au-dessus du barème départemental et adhère au syndicat des artisans du bâtiment, afin de connaître ses droits et devoirs d'employeur.



A l'issue de la première année, il assiste à une réunion et s'entend dire :

- On connaît ton passé de syndicaliste. On sait que tu paies tes ouvriers plus chers que nous, mais on te prévient. Si tu ne rentres pas dans le rang rapidement, on a les moyens de faire couler ta boîte !

Il n'en revient pas. En me relatant son expérience, je comprends l'impérieuse nécessité pour les salariés, d'être organisés syndicalement, face à des patrons qui font pression sur un de leurs collègues qui ose, avec d'autres, mieux rémunérer ses ouvriers.

Salaires, conditions de travail, sécurité, indemnités de repas, de déplacement... nous défendons toutes ces revendications avec opiniâtreté.

Le ridicule ne tuant pas, une année, la délégation patronale accepte le paiement d'une chaussure de sécurité. La réponse de la délégation C.G.T. est du même acabit :

- Une chaussure de sécurité dans un pied, une chaussure de ville dans l'autre et pourquoi pas demander aux salariés une participation financière aux protections sur les chantiers, dont la loi vous fait obligation ?

Après tergiversation, la paire de chaussures de sécurité est obtenue... dans les entreprises de plus de dix salariés !

Cet exemple révèle le plus profond mépris du syndicat patronal à l'égard des salariés des toutes petites entreprises. Inorganisés syndicalement, ils ne pèsent rien.

Dans la décennie soixante dix, une autre réalité fait froid dans le dos. La France compte quatre morts par jour sur l'ensemble des chantiers.



Trente années plus tard... un accident mortel se produit toutes les sept heures !

Nous devons faire de gros efforts d'explication auprès des familles endeuillées pour leur démontrer que la réalité n'a pas grand-chose à voir avec la fatalité... ou le destin.

Ce fut le cas lors de l'éboulement d'une tranchée de trois mètres de profondeur qui fit deux morts. Étayé, l'ouvrage ne se serait pas effondré.

Je suis d'autant plus sensible à ces questions que je siège à la C.R.A.M. (caisse régionale d'assurance maladie) de Nantes.

Le travail des enquêteurs se conclue souvent par des manquements avérés, de la part des employeurs, en matière de protection et de sécurité et les sanctions financières (surcoût de cotisations), ne sont pas dissuasives.

## Retraite et travail au noir

Pour toutes les professions et avec d'autres syndicats, nous organisons des manifestations nationales pour le droit à la retraite à 60 ans.

Dans le B.T.P. cette demande, cette exigence, est largement justifiée. En partant en retraite à 65 ans, l'espérance de vie s'arrête à... 67 ans et demi !

Toutes les études sur le sujet confirment que les salariés confrontés aux métiers pénibles vivent, en moyenne, sept ans de moins que les autres.

Âgés de 63 ans, deux collègues, aspirent à un repos bien mérité. L'un avait été prisonnier en Allemagne et l'autre est perclus de rhumatismes, tellement son travail d'ouvrier de terrassement l'épuise au fil des ans.



Comme tant d'autres, ils ne partiront pas avant 65 ans.

J'ose écrire que casser le droit à la retraite à 60 ans, c'est non seulement détruire une conquête essentielle ; mais l'espérance de vie moyenne étant (en 2008) de 80 ans, en obligeant les français et les européens à travailler jusqu'à 65, 67, voire 70 ans, cela contribuera forcément à ramener l'espérance de vie, pour le plus grand nombre, aux environs de 75 ans.

Dans les multiples rencontres syndicales, un problème revient de temps à autre : le travail au noir.

Pour faire face aux carnets de commandes bien remplis ; plutôt qu'embaucher un ou plusieurs salariés, des employeurs encouragent tel ou tel à travailler soirs ou week-ends, avec l'accord du client.

Un jour, l'un d'eux s'avère être... un haut fonctionnaire. Il profite d'un système bien connu dans la profession, au lieu de le combattre.

En 2008, la grève des sans-papiers pour leur régularisation, permit de porter sur la place publique l'ampleur du phénomène.

Hier, des salariés travaillaient au noir pour arrondir leurs fins de mois difficiles.

Aujourd'hui, dans le BTP des êtres humains travaillent dans des conditions de clandestinité, d'illégalité totale.

Au vu et au su du public, sur les quais à Ivry-sur-Seine au pied du périphérique, très tôt le matin, vingt, trente jeunes originaires de l'Est de l'Europe, ou de Turquie, attendent qu'un hypothétique fourgon ralentisse, puis s'arrête.

Très brève discussion et trois, quatre, cinq hommes s'engouffrent dans le véhicule. A intervalles irréguliers, la situation (bien rôdée) se reproduit.



Ces gens-là « alimentent » les chantiers parisiens, mais officiellement N' EXISTENT PAS !!!

En quelques dizaines d'années, le BTP a été confronté à des bouleversements : évolutions techniques, restructurations, fusions... lesquelles ont débouché sur la naissance de quelques majors (Bouygues, Vinci, Eiffage).

Pour accumuler les profits, les très grosses entreprises ont misé sur l'externalisation maximale. La sous-traitance atteint 40, 50, voire 70 % dans certains cas.

De sous-traitance en sous-traitance, l'entreprise en bout de chaîne se retrouve dans des conditions financières intenables, sauf à s'arranger ... avec la législation !

Au bout de la chaîne d'exploitation, il y a les immigrés, avec, ou sans –papiers.

La mise en concurrence entre travailleurs est cynique. Les Polonais contre les Maliens : c'est le pari de l'immigration choisie !

J'y vois une complicité de l'État lorsque le gouvernement diminue les moyens humains de l'inspection du travail et je comprends beaucoup mieux pourquoi il refuse la régularisation de 200 à 400.000 sans-papiers sur le territoire national. Des employeurs peu soucieux des droits de l'Homme en France, se servent de ce réservoir de main-d'œuvre en toute impunité. Quand ils évoquent leurs conditions de travail, les sans-papiers parlent d' esclavage moderne : humiliations, insultes, pressions, non-respect des droits.



Notre vie quotidienne ressemble à une prison sans barreau.

Pour les Généraux Américains du XIX^ème^ siècle, un bon indien était un indien mort. Pour les patrons français du XXI^ème^, un bon exploité, est un exploité sans papier, flexible, silencieux… et jetable.

## Un tournant majeur

Depuis près de trois ans, je vis de plus en plus mal la contradiction entre les préceptes religieux et le comportement de certains dans cette Vendée croyante et pratiquante.

Des employeurs impliqués dans la vie de leur paroisse le dimanche, se comportent en vrais salauds la semaine à l'égard de leurs salariés, faisant fi de la convention collective.

Je les côtoie à l'église, mais aussi en commissions paritaires et cette hypocrisie m'écœure.
Une situation dramatique à l'autre bout du monde me bouleverse.
Le 11 septembre 1973 à Santiago du Chili, le Général Pinochet fomente un coup d'État. Il dirigera la dictature militaire jusqu'en 1990.
Tous les progressistes français organisent des manifestations contre la junte militaire. Certains accueillent des réfugiés et organisent des soirées de soutien au peuple Chilien, avec la participation de l'orchestre : les Quilapayun.
Lorsque j'apprends que l'Église Chilienne - jamais condamnée par le Vatican- préfère quelques milliers de morts gauchistes, communistes et démocrates, à l'instauration d'une société marxiste ; je prends une décision importante.
Désormais, les principes de l'Église catholique ne guideront plus mes choix de vie.
Je me considère progressiste, démocrate, mais ne suis ni gauchiste, ni communiste et moralement je n'accepte pas qu'au nom de Dieu, l'Église puisse avaliser tortures et massacres.
Le Général félon mourra en 2006, à 91 ans, sans avoir eu à répondre devant la justice des Hommes des 3.000 morts et disparus, ainsi que des 30.000 torturés.
Le catholique pratiquant qu'il fut, eut-il à rendre quelque compte devant la justice de Dieu ?

## La crise

Depuis une dizaine d'années, notre société connaît une évolution accélérée.

Les grandes entreprises françaises se réorganisent en sociétés multinationales, avec l'aide directe de l'État. Nous entendons parler de C.M.E. (Capitalisme Monopoliste d'État).

Restructuration des grands secteurs économiques, intensification du travail, modernisation des techniques, investissements à l'étranger et pénétration de capitaux étrangers en France ; le redéploiement est d'une telle ampleur qu'il provoque une crise générale.

A l'inflation à deux chiffres s'ajoute un chômage qui augmente d'année en année, accentué par l'exode rural si fort que des régions entières sont vouées à l'abandon.



Les fruits de nos campagnes sont jetés à la décharge, pendant que des usines de la région parisienne ferment pour être reconstruites soit en province, ou à l'étranger, là où la main d'œuvre est moins chère.

Après les évènements de 1968 il est décidé, au plus haut niveau de l'État, que les concentrations d'entreprises dans Paris doivent se redéployer, de sorte que le rééquilibrage sociologique (moins d'usines = moins d'ouvriers) soit plus conforme aux ambitions de la capitale ! Il faut virer la chienlit !

Dans l'Est parisien (Seine et Marne), l'implantation d'Euro-Disneyland est le résultat de cette volonté politique.

Les pays sous-développés, pour mettre fin au pillage de leurs richesses, augmentent les prix du pétrole. Le prix du baril passe de 3 à 12 dollars, suite à la guerre du Kippour. En octobre 1973, au moment du grand pardon des Israélites – Yom Kippour- et en plein Ramadan, les armées Égyptiennes et Syriennes lancent une offensive contre les forces Israéliennes stationnées le long du canal de Suez et sur les hauteurs du Golan, d'où le nom de guerre du Kippour.

Le premier choc pétrolier sert de prétexte pour justifier le redéploiement des pays développés, alors que leur économie peut supporter cette hausse.

Pour preuve, en avril 2006, au moment où le prix du baril atteint 70 dollars, nous apprenons que la réalité de 1973 résultait d'un accord secret entre les compagnies pétrolières et les pays producteurs de l'or noir.

Dans la réalité, le soi-disant choc pétrolier est payé au prix fort par tous ceux qui n'ont que leur salaire pour vivre.



C'est dans ce contexte qu'en 1974, suite au décès de Georges Pompidou deux ans avant l'échéance de son septennat, Valéry Giscard d'Estaing est élu Président de la République face à François Mitterrand, candidat unique de la gauche.

Demandé depuis des années par les progressistes, en juillet, le Président accorde la majorité à 18 ans.

Les changements à venir ne résident pas seulement dans le rythme de la Marseillaise, ou en jouant de l'accordéon, ou en invitant une équipe d'éboueurs à prendre le petit déjeuner à l'Élysée. Ou bien encore en allant dîner chez le Français moyen accompagné de son épouse Anne-Aymone Sauvage de Brantes, issue de la famille Schneider, c'est-à-dire Framatome.

L'arrivée de V.G.E. à l'Élysée marque une étape nouvelle dans le processus engagé par le grand patronat depuis 1968.

Comme après 1936, son objectif est clair : reprendre ce que nous avons été obligés de donner.

Les classes dirigeantes s'attaquent de front à l'ensemble de la société française, pour l'adapter à leurs nouveaux besoins.

Et ça va faire mal, très mal.

Les trente glorieuses (1945-1973) ont vécu et nous allons connaître les trente douloureuses, voire bien plus encore.

Depuis maintenant six ans que je travaille dans une grande entreprise, j'ai beaucoup appris professionnellement et humainement.

J'ai découvert le travail en équipe avec les coups de gueule, mais aussi la solidarité.

Les candidats C.G.T. aux élections de délégués du personnel, ou du comité d'entreprise sont élus à une majorité qui, souvent, dépasse 70%. Obtenir 66 voix sur 67 suffrages valablement exprimés, aide à évoluer dans un climat de confiance collective qui nous permet de bien mesurer le rapport des forces en présence.



Autant que je me souvienne, aucune entreprise du B.T.P. de Vendée ne paye mieux et lorsqu'en 1975, après avoir fait grève nationalement, nous obtenons le treizième mois la satisfaction est grande parmi tout le personnel.

C'en est trop pour la fédération patronale du bâtiment.

A la SACER la contre-attaque s'organise et la lutte va durer... 10 ans !

Oui, il s'agit bien d'une lutte des classes vécue douloureusement par les salariés, à commencer par les responsables syndicaux.

Je ne connais que trop bien ce rapport de force au gré de mes pérégrinations dans la profession, où des employeurs n'hésitent pas à fermer la boîte si leurs salariés ont l'audace de s'organiser collectivement, en adhérant à la C.G.T., pour connaître leurs droits et essayer de les faire respecter.
Avec l'union des partis de gauche et le programme commun, tout m'incite à croire qu'il est possible de changer la société, sachant très bien que les organisations syndicales n'ont pas à se substituer aux partis politiques.
Là aussi, je veux être acteur et non spectateur. J'adhère au parti dont je considère qu'il défend le mieux les intérêts des salariés : le Parti Communiste Français.

# Année après année

## En famille

1975 : Face à l'école se trouve la bibliothèque de quartier. Patrick et Manon la fréquentent au point d'y passer plusieurs centaines d'heures, le temps du primaire.
Leurs parents, qui n'ont connu que les livres scolaires, sont ravis de les voir dévorer B.D. et autres romans pour enfants.
Fait assez rare pour être souligné, la bibliothèque des Pyramides possède des reproductions de tableaux. Le principe est le même que pour les livres : les accrocher chez soi durant trois semaines.



C'est ainsi, qu'au fil des ans, entrent à la maison plus de quatre vingt reproductions d'une vingtaine de peintres couvrant la période du XVIème siècle, avec Peter Bruegel, jusqu'à Bernard Buffet ; en passant par Eugène Delacroix, Jean- Baptiste Corot, Auguste Renoir, le Douanier Rousseau, Joan Miro, sans oublier Vincent, Paul et Pablo.
Un jour un copain de Manon âgé de douze- treize ans, très intéressé par les arts, admire la jeune fille à la perle.
- Ce doit être un Vermeer ? demande-t-il. Il vient de reconnaître l'un des plus grands peintres du XVIIème. Ils aiment le conservatoire de musique ; pratiquent le sport de

leur choix. L'un fait du judo, puis du basket ; l'autre de l'athlétisme.

Parfois, l'hiver ou au printemps, nous nous baladons en bord de mer et dans les dunes du côté de Querry-Pigeon, avant la construction –pour plaisanciers- du port Bourgenay. En face, par temps clair, nous apercevons l'île de Ré avec son phare des Baleines.

L'été, nous passons les vacances –avec cure thermale- au Mont-Dore. Nous prenons plaisir à faire des promenades dans les montagnes Auvergnates en cueillant, de- ci, de- là, des myrtilles. C'est peut-être dans cette période que nous transmettons à Patrick le virus de la randonnée ?

Les enfants sont très heureux de fréquenter la piscine de la Bourboule et toute la famille apprend à nager avec, Jean, le sympathique maître-nageur venu d'Alsace.



Le tube de Jo Dassin, l'été indien fait un tabac.

## Évolution professionnelle

Cette même année, je suis sollicité par la direction de l'Union Départementale, la Bourse du travail se situe rue Haxo à La Roche-sur-Yon, et la Confédération, pour devenir deuxième permanent aux côtés de Paul Arnaud.

Les besoins d'organisation des salariés vont croissants. La C.G.T. compte 2.400.000 adhérents en France. L'objectif est d'atteindre les 3.000.000.

Sur une population d'environ 450.000 habitants, la Vendée compte 130.000 salariés, dans leur grande majorité inorganisée.

Nous sommes près de 7.000 adhérents. Nous nous fixons l'objectif des 10.000.

Compte tenu de l'histoire de ce département, très marqué à droite sur l'échiquier politique, la C.G.T. –syndicat révolutionnaire- est très minoritaire, à l'inverse de la situation nationale.

Dans les années soixante, avec 1.200 à 1.300 adhérents, le militant était considéré comme le diable dans les campagnes !

Voulant être disponible pour militer, je demande un détachement temporaire de l'entreprise –non rémunéré-. La négociation avec le P.D.G. est un peu longue, mais positive. Aidé de Francis Chobelet, j'obtiens une disponibilité de deux ans.

Je peux, à présent, déployer toute mon énergie à aider non seulement les salariés du B.T.P. qui en ont bien besoin, mais aussi ceux des autres professions.



## Un peu d'histoire

Écrire que la population salariée, dans les années soixante, soixante dix, est relativement jeune ne signifie pas qu'elle était inexistante dans la première partie du XX$^{ème}$ siècle.

La main d'œuvre est peu qualifiée, issue pour l'essentiel de la paysannerie locale. Nombreux sont les petits paysans contraints de se salarier. Ils savent à peine lire et écrire.

La noblesse détient la grande majorité des terres. Comtes et vicomtes perpétuent l'esprit seigneurial d'antan. Des kilomètres à la ronde, ils imposent la conception idéaliste d'une droite conservatrice, cléricale et royaliste de la chouannerie.

Et pourtant...

La première grève des mineurs de charbon à Faymoreau (sud-est du département) a lieu en... 1895 ! Celle de 1900, contre le maître mineur et son système d'amendes, contraignit ce dernier à la démission.

Au début du siècle, sur mille quatre cents employés dans le textile de la région choletaise, quatre cents femmes et une centaine d'enfants âgés de huit à douze ans, triment à l'atelier douze heures par jour, sept jours sur sept, toute l'année.

Pour justifier leur emploi, on rappelait la pauvreté de ces familles et la nécessité de faire travailler les enfants afin de leur épargner la mendicité !



En 1901, à Mortagne-sur-Sèvre, une grève permet aux enfants de s'absenter de la manufacture, le dimanche matin, pour assister à la messe. Par la loi, le repos dominical est gagné en 1906.

Dans le bocage (nord, nord-est), près de mille cinq cents salariés s'échinent à la fabrication de savates, galoches et autres pantoufles.

Sur la côte, la pêche demeure l'activité principale avec les conserveries et la construction navale. Industrie à dominante artisanale, elle représente une activité importante pour la population du littoral, plaçant la Vendée au septième rang des départements français dans cette branche.

A cette époque on compte mille trois cents marins-pêcheurs aux Sables d'Olonne, sept cents cinquante à Saint Gilles

Croix- de -Vie, cinq cents à Noirmoutier et près de trois cents à l'île d'Yeu.
C'est probablement à la faveur des luttes des ouvriers, à partir de 1895, que fut créée l'Union Départementale C.G.T. en 1902 (statuts déposés en 1903).
L'année suivante, la C.G.T. rassemble le quart des deux mille quatre cents syndiqués du département : ce qui semble comparable à sa représentativité sur le territoire national.

En 1919, les cheminots luttent pour obtenir la journée de huit heures, suivis des ouvriers minotiers, puis du bâtiment.
En 1928, les monteurs, tourneurs, ajusteurs de Luçon revendiquent les huit heures alors qu'ils en font dix. Quant aux dockers charbonniers des Sables d'Olonne, ils sont contraints à douze heures de travail consécutives lorsqu'un caboteur attend, amarré à quai.
Une très belle affiche de la Confédération reflète bien la situation de l'époque :
Les longues journées amènent les bas salaires, provoquent le chômage, engendrent la tuberculose, poussent à l'alcoolisme, réduisent à la misère.
Elles rendent la famille malheureuse.
Les courtes journées amènent les hauts salaires, diminuent le chômage, sauvegardent la santé, assurent le bien-être, permettent de se constituer un foyer.
Elles rendent la famille heureuse.
En 1936, les grandes grèves imposent le vote de la loi sur les quarante heures par semaine, sans diminution de salaire et les deux semaines de congés payés !

## Un militant assassiné

Inspecteur à la Poste, résistant, membre du Comité Départemental de la Libération, Maurice Mornet anime de nombreuses grèves aux P.T.T. entre 1947 et 1950.
Secrétaire du syndicat C.G.T. des P.T.T. de Vendée, il est élu secrétaire général de l'U.D. en 1949.
Maurice Mornet assume aussi des responsabilités au bureau fédéral (départemental) du Parti Communiste Français.
Avant d'être assassiné en 1952, à l'âge de 32 ans, il reçoit six lettres de menaces, du style :
- J'espère que les autres et Mr l'inspecteur G... en particulier, sauront patienter jusqu'au jour où on te mettra à ta véritable place, c'est-à-dire en prison, jusqu'à ce que tu en crèves.
En attendant, n'oublies pas que je ne t'oublie pas.
Dans cette période, en France, une violente campagne antisoviétique et anticommuniste est menée par un torchon colonialiste intitulé : climats.
Chaque semaine il incite au meurtre des militants ouvriers en termes à peine voilés. Dans cette affaire, le gouvernement donne des ordres, notamment au préfet, pour que les traces du crime soient effacées.
Avec zèle et cynisme, ce préfet fait enlever le drapeau en berne à la bourse du travail.
Plusieurs milliers de personnes rendirent hommage à Maurice Mornet lors de ses obsèques à La Roche- sur -Yon, dont de nombreuses délégations d'entreprises de Vendée et de toute la région.
Le, ou, les criminels ne seront jamais inquiétés !

## Retour aux années soixante dix

La Vendée -dont l'espace rural des 281 communes occupe 90% de sa superficie-, voit de plus en plus d'exploitants agricoles contraints de mettre la clé sous la porte.

Sur une population active de 80.000 personnes au début des années soixante, la moitié rejoindra le monde salarié en une quinzaine d'années.

A très court terme, les experts veulent abaisser ce chiffre à 20.000 !

Dans le même temps, le rythme de créations d'emplois industriels est, en pourcentage, le plus rapide de l'Ouest, tandis que la progression de population de La Roche- sur- Yon est la plus forte de toutes les villes moyennes.

Les industries de main d'œuvre ne font guère de place aux techniques de pointe, ou aux services de recherches et d'études.

La valeur ajoutée par emploi est faible, avec prépondérance pour les biens de consommation.

Les entreprises disposent d'une main d'œuvre laborieuse et abondante. La vitalité démographique reste élevée.

Le salaire annuel est inférieur de 18% à la moyenne nationale.

Comme partout en France, celui des femmes est inférieur aux hommes, or la main d'œuvre féminine est particulièrement nombreuse dans certaines branches : au moins 80% dans l'habillement et plus de 50% dans la chaussure.

Dans les relations sociales entre employeurs et salariés, les impératifs économiques l'emportent sur les considérations humaines.

Le patron se soucie de moins en moins de faire reconnaître sa réussite personnelle, afin de devenir un monsieur comme le hobereau voisin. Il est homme d'affaires, dont les relations sont de plus en plus extérieures au bourg, ou à la petite ville.

Une incompréhension grandissante se développe. Le temps est fini où l'organisation de l'atelier était simplifiée à l'extrême, avec un patron à la fois propriétaire de l'entreprise, directeur financier, commercial, technique et des ouvriers qui se partageaient les différentes étapes de fabrication.

La parcellisation des tâches, la hiérarchisation des emplois, le chronométrage, les cadences soutenues - voire insupportables - sont devenues la norme.

L'allergie des chefs d'entreprises aux syndicats, à la C.G.T en particulier, ne se dément pas.



Elle se maintient aussi chez les salariés, pour qui les notions de conscience de classe, ou de solidarité ouvrière sont bien peu répandues.

Peut-être faut-il rappeler que le libre exercice de l'activité syndicale DANS l'entreprise date, seulement, de 1968.

Outre la fonction publique avec les hôpitaux, les impôts, l'inspection du travail, les communaux, les organismes sociaux, l'équipement et les lycées professionnels, les salariés sont organisés à la C.G.T chez les cheminots, les P.T.T., E.D.F., aux mines d'uranium – COGEMA-, ainsi que dans les principales entreprises privées de la métallurgie, de l'habillement, des conserveries, des abattoirs, Fleury-Michon, le livre, le commerce, le bâtiment et les travaux publics.

Pas de C.G.T chez Gautier, numéro un européen du meuble pour jeunes ; chez Albert, grande entreprise de l'habillement et chez Bénéteau et Jeanneau, leaders mondiaux dans la construction de bateaux pour plaisanciers.

En période de crise, la baisse du pouvoir d'achat des salaires, des retraites, va se traduire par une réduction des débouchés.

C'est le cas dans l'habillement, l'agroalimentaire, l'ameublement, la métallurgie et par voie de conséquence, des difficultés dans le petit et moyen commerce. Dans le même temps, les grandes surfaces font leur apparition.

La soi-disant nécessaire austérité pour créer des emplois va engendrer des luttes au fur et à mesure des licenciements et autres fermetures d'usines.

Les manifestants, en Vendée comme partout en France, exigent le droit à vivre, étudier, travailler et décider au pays, en écho à monsieur Barre qui veut la mobilité des salariés face à la mobilité de l'emploi. Le sidérurgiste lorrain ne doit pas hésiter à aller travailler dans le Sud, ou l'Ouest de la France. Une prime de départ de 50.000 F l'aidera à aller voir ailleurs !

Au fameux triptyque de l'allemand Schmit : Les profits d'aujourd'hui permettent les investissements de demain pour créer les emplois d'après-demain, nous répondons : la baisse du pouvoir d'achat permet les profits immédiats et entraîne un chômage de plus en plus important.

Trente années ont passé et la profonde crise mondiale financière, puis économique, débutée en 2007- 2008 nous donne, hélas, raison.

Des luttes, il y en a dans toutes les professions. Impossible de les évoquer dans le détail.

Relater celles des femmes[5] de l'habillement me paraît justifié, eu égard à leur courage et leur détermination.
Milieu des années soixante dix, la profession compte 8.000 salariées réparties en une soixantaine d'entreprises, dont plusieurs importantes – de 5 à 600 personnes -, aux noms bien connus : Thiery Sigrand, New Man...

## ... Big Chief

Dès son arrivée dans le chef-lieu de la Vendée - en 1961- Big-Chief, installée auparavant à Paris, devient l'une des plus performantes entreprises françaises de textile. Pour les bénéfices, en 1972, elle se classe tout simplement à la deuxième place.

La fabrication est de qualité, l'entreprise se spécialise dans le haut de gamme de vêtements pour femmes : les imperméables Big-Chief, les manteaux et ensembles de luxe Péroche.

En dix ans, elle passe de 450 à 1.000 salariées, réparties sur trois sites : le siège social à Paris, l'usine de La Roche- sur- Yon, où Marthe Mornet créera la C.G.T., et celle de La Caillère.
Le directeur départemental du travail (de 1962 à 1975) dira : - Quand je suis arrivé en Vendée, ce département me paraissait mort. C'est Big- Chief qui a donné le feu vert de son industrialisation.
Fin 1974, une centaine de personnes sont licenciées suite au dépôt de bilan, règlement judiciaire, puis liquidation de biens.

---

[5] Je déroge aux règles de grammaire. Les hommes étant très minoritaires dans la profession, le féminin l'emportera sur le masculin !

Un des grands maîtres de la confection, Maurice Bidermann, est intéressé par l'entreprise. Il possède plusieurs usines en France, aux U.S.A., au Portugal, en Hongrie...
Il s'offre Big- Chief pour un franc symbolique... et reçoit une aide de 300 millions de Francs du gouvernement !
Beau seigneur. Non seulement il accepte ce cadeau, mais veut imposer ses conditions de travail aux salariées. Son propos est clair : Je ne suis pas le sauveur, mais je suis le patron.
Si elles veulent garder leur emploi, elles doivent renoncer à tous leurs avantages :

- l'échelle mobile des salaires, les classifications, le treizième mois, la prime de vacance, la cantine, ainsi que la garderie située à proximité des ateliers. Cette réalisation avant-gardiste est très appréciée des mamans.



Quatre mois de luttes incessantes, dont sept semaines de grève totale avec occupation d'usine, finiront par triompher des exigences de Bidermann.
Pierrette Jourdan, déléguée syndicale C.G.T., Christiane, Martine, Geneviève déléguées du personnel, accompagnées d'autres ouvrières, se déplacent au ministère de l'industrie pour défendre leur outil de travail.
Leur lutte a un écho national.[6] Pour preuve cette anecdote.
Dans les rues de Paris, près de la gare Montparnasse, elles rencontrent des pseudo-militants qui organisent une collecte financière en solidarité avec les Big-Chief.

---

[6] Dans « La saga des Français » de Jean-Louis Muller, Antenne 2 diffusera en 1975 un téléfilm de 40 minutes.

- Nous sommes les Big-Chief. Et vous qui êtes-vous ? Qui vous a autorisé à solliciter les passants en notre nom ?
- !!!
- Si vous avez déjà procédé de la sorte, vous êtes malhonnêtes car nous n'avons pas demandé de solidarité financière, pour le moment. Donnez-nous cet argent.
- !!!
Ces petites crapules n'hésitaient pas à abuser de la solidarité des citoyens à l'égard de ces femmes, pour se remplir les poches.
Les politiques de restructurations dans la profession, avec les délocalisations à l'étranger, vont les conduire à se battre, constamment, pendant... quinze ans !
Elles connaîtront les méfaits du marché libre, de la mondialisation, bien avant l'heure.



## Chômage et canicule

1976 : On parle de plus en plus de chômage.
Lors de l'élection de Valéry Giscard d'Estaing - V.G.E - le pays compte environ 500.000 chômeurs. Son premier souci en tant que Président de la République est que chaque français puisse trouver un emploi.
Plus de 1.000.000 de salariés ont perdu le leur deux ans après...
En Vendée, le taux de chômage explose ! Pour la même période, il passe de 2.000 à plus de 6.000.
Il ne fait pas bon être au chômage. Celui qui ne travaille pas est considéré comme fainéant ! Cette appréciation va vite se

modifier, dès lors que de plus en plus de familles sont confrontées au problème.

Choc pétrolier oblige, décision est prise de passer à l'heure d'été pour, soi-disant, faire des économies d'énergie (tonnes équivalent pétrole). Une expression fait mouche : En France on a pas de pétrole mais on a des idées !

L'adaptation est d'autant plus difficile que la France connaît l'une des périodes de sécheresse les plus éprouvantes du siècle. Les fortes chaleurs épuisent tous ceux qui travaillent en extérieur.

Par exemple, les collègues de la SACER chargés de la finition des routes. En plein cagnard, par 40°, ils répandent les enrobés sortis des camions-bennes à 80°.

C'est inhumain de faire travailler du personnel dans de telles conditions, au moment où le soleil est au zénith : de 12 à 16 heures (soit de 14 à 18 heures à la montre).



Mais... faire des économies d'énergie est plus important que la santé des salariés !

Si les décideurs, bien au frais dans leurs bureaux feutrés, partageaient pendant quelques jours de telles conditions de travail, reviendraient-ils sur leur décision de façon à être un peu plus en phase avec la nature ?

Elle aussi souffre. Les rendements en fourrages et céréales sont catastrophiques. Les meuglements des bovins, affamés, sont impressionnants et désespérants.

Le gouvernement ne trouve rien de mieux que créer un impôt sécheresse, très impopulaire, dressant les citadins contre les agriculteurs, alors que ceux-ci n'ont rien demandé.

## Exécution aux Baumettes

Lorsque s'ouvre le procès de Christian Ranucci, la France a peur selon les mots célèbres de Roger Gicquel, présentateur du journal télévisé.

Tout le monde en parle, dans une atmosphère exceptionnelle de haine : A mort les assassins d'enfants !

Militants favorables à l'abolition de la peine de mort nous ne sommes pas du tout compris.

Et Ranucci se trouve livré à la vindicte populaire.

V. G. E., alors en perte de vitesse dans l'opinion publique, ne prend pas de risque. Il refuse de gracier le condamné.

Pourtant, avant son élection, il avait laissé entendre qu'une fois au pouvoir la loi pourrait être révisée.



Le look du Président avait même séduit le prisonnier qui espérait en lui.

Il fut l'avant-dernier condamné à mort et exécuté.

Je retiens l'ultime cri lancé à ses défenseurs : -Réhabilitez-moi !

Fin 1981, le Garde des Sceaux, Robert Badinter défendra avec acharnement son projet de loi sur l'abolition de la peine de mort, face à une droite parlementaire hargneuse.

Tous les poisons d'une société se retrouvent dans la pratique de la peine capitale dira-t-il.

Si une nation a le droit et le devoir de se garantir contre les criminels, a-t-elle celui de se venger d'un crime par un autre crime ? Tant qu'elle le fera peut-elle se croire civilisée.

**Mais aussi…**

Cette année-là, l'avion supersonique franco-britannique décolle pour son premier vol commercial à destination de Rio de Janeiro.
Le bel oiseau Concorde, permet à la France de développer ses capacités technologiques dans le domaine de l'aviation.
Mais d'autres industries connaissent un tout autre sort…
Après avoir occupé leur manufacture horlogère à Besançon, depuis 1973, fait le tour de France pour populariser leur lutte en vendant 60.000 montres de la solidarité : les LIP connaissent le dépôt de bilan, puis la cessation d'activité.
L'autogestion a vécu !
Monsieur Barre, meilleur économiste de France, conduit le gouvernement de l'austérité, entonnant les premiers couplets d'un chant puissant qui ouvre les portes au libéralisme !
Il commence par une attaque en règle contre les fonctionnaires qualifiés de nantis, de privilégiés.
Le groupe Amaury profite de la modernisation pour aligner les conditions de travail, de salaires des ouvriers du Livre, du journal Le Parisien Libéré, sur celles qui prévalent dans la presse régionale et propose un plan de licenciement collectif.
Le conflit va durer deux ans et demi. Il mobilise tous les ouvriers de la presse parisienne, réussissant à freiner les restructurations menées dans ce secteur.
En Afrique du Sud, des écoliers et étudiants noirs se rassemblent pour protester contre l'obligation qui leur est faite de suivre l'enseignement en afrikaan, langue de l'oppresseur blanc.

Face à eux, la police a pour consigne de rétablir l'ordre à tout prix en usant de tous les moyens à cet effet. Elle ouvre le feu sur la foule. Bilan : 23 morts et 220 blessés !
Les images du massacre de Soweto font le tour du monde.
L'opinion internationale prend alors conscience de la cruauté de l'apartheid.

## Espoir à gauche...

Printemps 1977 : élections municipales.
A la faveur de l'union des forces de gauche, de nombreuses municipalités basculent à gauche, selon l'expression quasi guerrière de fébriles commentateurs à la télé.
Un vrai raz de marée !

Les Yonnais (habitants de La Roche-sur-Yon), votent pour la liste de gauche. Le socialiste Jacques Auxiette devient maire. Des communistes sont élus maires-adjoints et conseillers municipaux.
Les rapports de cette nouvelle équipe, aux organisations syndicales, changent du tout au tout. A l'indifférence de la droite, désormais nous pouvons compter sur la compréhension le soutien des nouveaux élus, notamment dans les luttes.
Secrétaire à l'organisation de l'Union Départementale depuis deux ans, je connais presque tous les responsables des soixante dix syndicats dans les entreprises. Mon rôle est de les aider dans leur travail collectif : s'adresser aux adhérents, puis à tout le personnel. Pour un nouveau syndicat, élaborer le cahier de revendications en fonction de la convention collective en

vigueur. Participer à la réalisation d'un tract, s'adresser au patron -ou au directeur- quand les négociations sont difficiles, voire conflictuelles.
Le travail ne manque pas et les réunions à 20h30 dans les Unions Locales sont nombreuses.
La tendance est de faire en lieu et place des intéressés.
Combien de fois ai-je entendu :
- On ne sait pas comment s'y prendre. Discuter avec les collègues, ça va, bien qu'il y ait des anti- cégétistes. Mais écrire un tract, puis le diffuser dans l'entreprise avec le chef sur le dos, ce n'est pas facile... .
Ou, de la part du nouveau délégué syndical :
- Mais je ne connais pas grand-chose de la convention collective, encore moins du syndicat. Jamais je n'arriverai à m'adresser au patron... .

Mon rôle consiste à encourager, faire ensemble, ne jamais laissé tomber, ne pas trahir non plus. Mon expression favorite rassure, à défaut de régler les angoisses.
- Chaque militant-e- connaît ce genre de difficultés. L'activité syndicale ne s'apprend pas à l'école. Seule la pratique compte. Ensuite la vie nous dit si on a vu juste, ou pas. Le tout est d'essayer et on ne peut compter que sur nous pour organiser collectivement la défense de nos intérêts de salariés.

## La Fête

Depuis 1973, chaque année en juin, nous organisons une fête en forêt d'Olonne-sur-mer.

Rendez-vous chaleureux, revendicatif de tous les syndicats, chacun met un point d'honneur à monter son stand et à l'animer.

Le temps d'un week-end, des centaines de militants et militantes, accompagnés de leur famille, viennent se détendre dans une ambiance fraternelle, de solidarité avec celles et ceux qui luttent, notamment, contre la vie chère mais aussi les licenciements.

Dans ce contexte, il nous paraît normal d'inviter une délégation de sidérurgistes lorrains qui se battent contre la fermeture des hauts fourneaux.

Devant un auditoire attentif, ils relatent leurs luttes pour sauver les emplois et que la région ne devienne pas un désert industriel.[7]



La radio libre Lorraine cœur d'acier, contribue largement à les rendre populaires et exemplaires.

Émus, nous entonnons la chanson de Michel Fugain, reprise dans tous les meetings et autres manifestations par ceux qui se battent pour vivre dignement.

- Accroche à ton cœur, un morceau de chiffon rouge, lève-toi car il est temps... . Deux jeunes reviendront en Vendée pour trouver du travail, le temps de la saison touristique. La côte de Lumière, la douceur du climat et notre accueil amical, les avaient conquis. La vie est parfois curieuse : je n'ai jamais su ce qu'ils sont devenus !

---

[7] Les fermetures d'usines entraîneront un exode massif d'ouvriers vers d'autres lieux. Elles seront une catastrophe économique.

## Voyage en RDA

Le comité régional C.G.T. des Pays de Loire est jumelé avec le syndicat F.D.G.B. du district de Schwerin, dans le Mecklembourg, en République Démocratique Allemande.

Chaque année, en alternance, le comité régional reçoit une délégation pendant une semaine, puis l'année suivante se rend en R.D.A.

L'objectif commun est de montrer la vie réelle des gens dans un pays capitaliste et un pays socialiste.

Quant à pouvoir faire visiter une entreprise vendéenne à nos hôtes, c'est mission impossible. Aucun employeur n'accepte !

En 1977 les camarades de la région me confient la responsabilité de la délégation composée d'un militant de la Sarthe, du Maine et Loire et de la Mayenne.



Le voyage en train, via Hambourg, dure une journée. Nous sommes attendus à la frontière des deux Allemagne, par Annie, notre interprète.

Hébergés au grand hôtel de Schwerin, notre premier petit déjeuner est composé de charcuterie et autres saucisses chaudes... Digestion difficile !

L'accueil est chaleureux et le programme chargé : visite d'une usine, d'un chantier de construction, d'un centre de vacances au bord de l'un des nombreux lacs, d'un centre sportif, du château de Gûstrow, d'une ferme coopérative à Rôm, issue de très gros domaines du temps des junkers (gros propriétaires terriens), ou champs de betteraves sucrières et de céréales s'étendent à perte de vue.

A proximité des bâtiments, un couple de cigognes élève ses petits.

Nous sommes agréablement surpris de visiter la crèche où une douzaine de bambins, avec leurs nounous, nous accueillent en chantant. Le personnel de la coopérative bénéficie d'une réalisation sociale inimaginable dans nos campagnes.

Durant ce séjour, les heures les plus poignantes sont vécues devant le monument à la mémoire des déportés.

En avril 1945, les nazis évacuent les camps de concentration. Les prisonniers sont jetés sur les routes, à marche forcée, en direction de la mer Baltique afin de les y noyer. Les plus faibles tombent en chemin et sont exécutés sur place.

Sur le plan économique, nous constatons une productivité moindre que chez nous. Parfois les conditions de travail et de sécurité laissent à désirer : voir des ouvriers du bâtiment transportés dans la benne d'un camion, nous choque !



Après quelques jours passés à Schwerin, je fais part de notre souhait d'aller à Berlin. Comprenant qu'il y a problème je demande à Annie si nous pouvons visiter le port de Rostock. Je ressens une gêne de sa part.

La veille de notre départ, je tiens à discuter avec elle.

- Nous sommes satisfaits de notre séjour et j'aurai plaisir à t'accueillir l'an prochain, avec une délégation du syndicat. Avant de nous quitter, j'aimerais que tu me dises pourquoi nous ne sommes pas allés à Berlin où Rostock ?

- Nous n'avions pas prévu un tel déplacement. Lorsque j'ai fait le nécessaire, après ta demande, il était trop tard pour obtenir le sauf-conduit.

Je réalise qu'il faut une autorisation administrative pour sortir du district (département).
- Suite à l'exode massif des forces vives de votre pays, pour aller vivre en R.F.A., je comprends la construction du mur en 1961 ; mais aujourd'hui, ne pas avoir la liberté de se déplacer à l'intérieur de vos frontières ne peut que créer un profond mécontentement. Avec la télévision, celui-ci ne fera que grandir.
- Mais vous n'avez pas la même notion de la liberté que nous...
Je n'imaginais pas, un instant, combien l'Histoire me donnerait raison... douze ans plus tard !

## Secrétaire Général

En novembre de cette année-là, nous organisons le 37ème congrès de l'Union Départementale. La nouvelle direction élue me confie la responsabilité de l'animer. Je deviens le dixième secrétaire général de l'U.D. C.G.T.
De par cette fonction je suis, également, membre du Comité Confédéral National (C.C.N.).
Au printemps 1978, ont lieu les élections législatives. Le monde du travail fonde de grands espoirs dans la capacité des partis de gauche à gagner ce scrutin, même si les négociations d'actualisation du programme commun ont achoppé, six mois plus tôt, sur les nationalisations.
Avec la victoire de la droite, la déception est considérable car la situation économique, sociale, politique se dégrade. Nous assistons non seulement à un démantèlement du tissu industriel, mais à sa destruction.

Nous sommes sonnés, mais pas abattus. Malgré les difficultés, les incompréhensions, le trouble, mois après mois les luttes se développent. L'ouverture sociale prônée par le Président de la République et les propos démagogiques sur la revalorisation du travail manuel, ne font pas illusion.

De façon autoritaire, le gouvernement augmente les cotisations sociales à la charge des salariés, en crée pour les retraités, réduit les droits des chômeurs, développe les contrats à durée déterminée tout en incitant les femmes à rester chez elles, pour faire et élever le troisième enfant.

Parallèlement, il veut casser la sécurité sociale, introduire le système de retraite par capitalisation, tout en remettant en cause la loi des quarante heures en cinq jours.

De distingués économistes nous assurent qu'ils voient le bout du tunnel, mais en attendant les Français doivent se serrer la ceinture ! L'inflation ne doit pas dépasser 6,50% par an. Concrètement, elle est à 15%.



De son côté, le C.N.P.F. (Conseil National du Patronat Français) veut un accroissement fulgurant de la productivité des entreprises ... en remplaçant massivement les hommes par des robots.

Il a une autre obsession : Faire sauter les blocages socio-psychologiques, qui à gauche plus qu'à droite, de l'échiquier politico-syndical font obstacle aux changements nécessaires.

Il nous faut mettre le paquet pour faire sauter le conservatisme de la C.G.T. qui pèse lourd sur nos capacités d'adaptation.

En langage décodé, la situation sur le terrain est la suivante : de 1974 à 1978, le nombre de délégués du personnel licenciés à

été multiplié par cinq. En 1979, sur les 4.600 militants et militantes ainsi frappés plus de la moitié sont à la C.G.T.
Le C.N.P.F. a besoin de partenaires sociaux pour discuter dans les instances nationales, mais dans les entreprises la lutte des classes est permanente. Les licenciements pour motifs économiques permettent de se débarrasser de salariés dits protégés, à savoir : les délégués du personnel.
J'ai bien connu une entreprise de menuiserie industrielle, à Saint Gilles Croix- de- Vie. Le patron ne supporte pas que ses salariés s'organisent syndicalement. Il dépose le bilan, licencie tous les salariés... puis s'installe ailleurs.

## Avec l'accent

Je ne me souviens plus pour quelle initiative nous invitons Julien Livi, secrétaire général de la fédération C.G.T. de l'agroalimentaire, mais je me rappelle son aisance à captiver son public. Julien a une autre particularité : il est le frère d'une vedette de la chanson et du cinéma.
Le soir, au restaurant, il nous raconte l'origine du pseudonyme de ce frère.
Émigrés d'Italie, leurs parents s'installent à Marseille. Ils font vivre la famille vaille que vaille. Les gamins passent le plus clair de leur temps à jouer avec les copains dans les rues du quartier.
Le repas préparé, de la fenêtre de l'appartement, la maman appelle ses enfants (avé l'accent de Marseille) : Julien mont âân   Yvees mont âân.
C'est ainsi, qu'en hommage à sa mère, Yves Livi devient Yves Montand !

## I. V. G.

Il y eut, en 1972, la loi Neuwirth légalisant l'utilisation de la contraception.

Il y eut aussi, la même année, le procès de Bobigny. Une mineure violée, mais poursuivie en justice pour avortement. Gisèle Halimi, dans sa vibrante plaidoirie obtiendra l'acquittement.

Un an avant ce procès retentissant, le pays prenait connaissance de la liste des 343 Françaises dont Simone de Beauvoir, Françoise Sagan... qui avaient eu le courage de dire : je me suis fait avorter.

Ce manifeste prend le nom d' appel des 343 salopes. Il fait sensation et délie les langues. Le but est atteint : porter sur la place publique un sujet tabou.



Il y aura également le combat des féministes : Un enfant si je veux, un enfant quand je veux.

C'était l'époque où 300.000 avortements mutilaient les femmes et en tuaient 300 chaque année !

Après un débat houleux à l'Assemblée Nationale, Simone Veil, ministre de la santé fait voter, en 1974, l'un des textes les plus importants de l'histoire contemporaine de notre pays : le droit à l'Interruption Volontaire de Grossesse (I.V.G.), dite loi Veil.

Depuis des années, elle est sensibilisée aux dégâts qu'entraînent les avortements clandestins pratiqués par les faiseuses d'anges, pendant que des milliers de femmes se rendent en Angleterre ou aux Pays-Bas.

La ministre veut à tout prix légiférer pour protéger les femmes et en finir avec cette hypocrisie.

La loi est votée depuis maintenant plus de trois ans, comment aborder, à l'Union Départementale, le droit à l'I.V.G. ?
Avec des militantes, nous considérons que ce sujet de société ne peut nous laisser indifférents-es en ce qu'il ne se dissocie pas des luttes sociales. Nous décidons d'organiser un débat, avec pour invitée, une gynécologue favorable à la loi. La quinzaine de femmes présentes mettent l'accent sur l'importance de l'éducation sexuelle par les parents, mais aussi par la société, donc de l'école. La contraception faisant partie de cette éducation.
L'I.V.G. est toujours un traumatisme indélébile, un drame pour celle qui y a recours.
Lors de cette initiative, deux hommes seulement participent à la réunion ce soir-là.
L'absence de certains me fait prendre conscience, avec encore plus d'acuité, que l'I.V.G. n'est en aucun cas une simple affaire de bonnes femmes ... mais qu'il n'est pas facile d'aborder sereinement cette question.
Trente années se sont écoulées. Les attaques des pro-life (pour la vie), n'ont jamais cessé contre les centres d'I.V.G., contre les personnels et bien sûr contre les femmes.
Trente années se sont écoulées et je signe la pétition intitulée : Au côté du Planning familial, défendons le droit à l'information, à l'éducation, à la sexualité pour toutes et tous.
En effet, l'État décide de supprimer, en 2010, les subventions destinées au Planning.
La preuve que le droit des femmes à disposer de leur vie, de leur corps reste un combat permanent. Sexualité, procréation,

les demandes se perpétuent au même rythme qu'arrive, à l'adolescence, chaque nouvelle génération.
Demain, les jeunes femmes auront-elles à connaître, de nouveau, bien des drames ?

## Marée noire

Assister à une première réunion nationale, fait partie de ces souvenirs que l'on n'oublie pas.
Participer au Comité Confédéral National (le parlement de la C.G.T., dixit les journalistes), permet une meilleure compréhension de la situation sociale, économique du pays, voire internationale.
Mais l'actualité est dominée par une catastrophe. Les camarades bretons, qui s'expriment au micro, sont en colère !

Le super- pétrolier l'Amoco Cadiz s'est échoué avec ses 230.000 tonnes de brut. Près de quatre cents kilomètres de côtes du Finistère et des Côtes-du-Nord (pas encore appelées Côtes –d'Armor), sont souillées.
En colère parce que, devant les caméras de télévision, tous les officiels versent des larmes de crocodile, mais les cabinets ministériels et les autorités préfectorales ne savent comment résoudre cette catastrophe.
C'est la plus grande pollution ayant jamais touché notre pays !
Dans l'improvisation totale, avec leur seul courage des milliers de personnes ramassent, parfois à la main, la matière visqueuse et nauséabonde.
Cormorans et mouettes sont englués par milliers.
L'émotion et la colère dans le pays sont immenses.

De catastrophe écologique, s'ensuit une catastrophe économique pour les pêcheurs et le tourisme. Les magnifiques côtes de granit ne sont plus roses, mais noires. Les bretons et leurs élus s'organisent pour demander des comptes et faire payer les responsables. La bataille juridique contre Shell va durer près de quinze ans.

On ne met pas en cause, facilement, les majors du pétrole !

La législation fut contrainte d'évoluer. La construction navale invente le double coque, pour des pétroliers devenus encore plus énormes.

Avant cette catastrophe, les militants C.G.T. de la marine marchande se battaient contre les pouvoirs publics qui voulaient casser le monopole syndical. Ce sera le cas aussi pour les dockers, considérés comme des privilégiés !

La mondialisation va accentuer le recours aux pavillons de complaisance. Le travail sous-payé et les hommes surexploités sont désormais la règle. N'a-t-on pas vu des hommes d'équipage, à quai, exiger leur salaire pendant six mois et se considérer traités en esclaves.

Le trafic maritime a explosé et les compagnies pétrolières n'ont jamais gagné autant d'argent.

Rien de très rassurant.

## L'année des trois Papes

Après quinze ans de règne, Paul VI meurt en 1978. Jean-Paul Premier le remplace et meurt quelques semaines après.

Premier pape non italien depuis le XVIème siècle, Jean-Paul II sera un pape pèlerin pour redonner à l'Église un rôle décisif à

l'échelle planétaire. Originaire de la Pologne frondeuse, insatisfaite du régime politique et profondément catholique, Karol Wojtyla comprend qu'elle est le maillon faible d'un bloc soviétique en crise et dont il a toujours souhaité la disparition.
Bien avant d'être élu pape, il manifeste son hostilité aux Lumières, à la Révolution française, aux révolutionnaires du XIX^ème^ siècle, de la Commune de Paris, du front populaire…
Cette hostilité s'étend à des chrétiens qui ont voué leur vie à la justice et à la défense des opprimés, en Amérique centrale, Monseigneur Roméro. Cet archevêque de San Salvador est reçu, avec semonce, par Jean-Paul II en 1979, un an avant d'être assassiné en pleine célébration de la messe.
Le pape, dont beaucoup d'observateurs disent qu'il est homme politique, ne veut pas entendre parler de la théologie de la libération.



Dire aux pauvres, qui peinent au labeur, que cela ira mieux dans un au-delà : le royaume des Cieux leur appartient, n'est pas la même chose que dire : la pauvreté est inadmissible dans un monde riche… et qu'il faut se battre pour le changer.
Plus près de nous, que devient Monseigneur Gaillot lui aussi de tous les combats pour plus de justice ?
Dom Helder Camara, dans son Nordeste Brésil, disait : Quand je donne à manger aux pauvres, on me dit Saint. Quand je demande pourquoi il y a tant de pauvres, on me dit communiste !

## Retour à l'école

Toujours en 1978, je participe à deux sessions d'étude de quinze jours chacune afin d'approfondir mes connaissances, car diriger une organisation ne s'improvise pas.
Toutes les structures sociales se dotent de centre de formation. Celui de la C.G.T., situé à Courcelle- sur –Yvette, dans la belle vallée de Chevreuse, est un lieu privilégié.
J'apprends que la commission de Bruxelles se charge de définir une politique industrielle. Elle édite des règles, que chaque pays membre de l'Europe doit respecter.
L'État intervient pour financer les priorités, mais aussi les abandons. En France, ça se traduit par la casse de l'industrie textile, de la sidérurgie, de la construction navale…
Face à la déferlante des fermetures d'entreprises, nous revendiquons haut et fort : pas de licenciement sans reclassement préalable.
Tous les thèmes de société sont étudiés. La nouvelle stratégie patronale, la formation professionnelle, les femmes salariées, l'immigration, le racisme, la xénophobie, l'espérance de vie…Par exemple, pour l'ouvrier spécialisé elle se situe à 68 ans. Pour l'ouvrier professionnel, à 70. Quant à l'ingénieur, il a toutes les chances de vivre jusqu'à 76 ans.
Le droit à la retraite à 60 ans est encore une revendication, clamée avec force, dans toutes les manifestations.
Les problèmes monétaires sont au programme, avec le rôle du S.M.I. (Système Monétaire International), celui du F.M.I. (Fond Monétaire International), sans oublier le serpent monétaire et l'ECU, valeur monétaire qui deviendra l'Euro.

Suivre une telle formation permet, lorsque vous discutez parfois âprement avec les employeurs, ou le Préfet, de donner force à vos arguments. Cela vaut mieux que tout verbiage face à vos interlocuteurs et surtout vis-à-vis des salariés qui vous font confiance.

## Élections prudhommales

J'ignore les raisons pour lesquelles il n'y a pas, en Vendée, de conseil des prud'hommes dans chaque Tribunal de Grande Instance (T.G.I.).

Les toutes premières élections ont lieu le 12 décembre 1979.

Pendant plusieurs mois, nous menons une campagne soutenue pour, d'une part, faire connaître auprès des salariés du secteur privé l'importance de ces tribunaux du travail et, d'autre part, convaincre des militant-e-s de la C.G.T. d'être candidats et candidates.



Je mesure l'ampleur de la tâche, connaissant les forces des différents syndicats dans le département. Je ne me fais aucune illusion. Si au niveau national, la C.G.T. a toutes les chances d'arriver en tête, en Vendée ce ne sera pas le cas.

Chaque Union Départementale fait valoir ses arguments, considérant qu'elle est la mieux placée pour défendre le salarié lorsqu'il aura recours aux prud'hommes.

Mais tous les arguments ne se valent pas. La C.F.T.C. mène campagne contre ... l'I.V.G. !

Comme si un tribunal qui statut en droit du travail peut être concerné de près, ou de loin, par un tel sujet de société. Où

comment, pour ce syndicat, cette campagne électorale est purement idéologique.
Le soir des élections, la C.G.T. nationale remporte une très belle victoire, avec 42% des voix. Dans le département, nous obtenons 25%. Comme prévu, la C.F.D.T. arrive en tête de ce scrutin.
Les élections passées, au fil des mois, une constatation s'impose : la lenteur du fonctionnement de cette juridiction nuit aux salariés qui la saisissent.
La loi prévoit la mise en place d'un conseil de prud'hommes aux Sables- d'Olonne. La première audience de conciliation a lieu en novembre 1980, sans personnel ni locaux spécifiques pour en assurer le bon déroulement.
Une fois mis en place, ce conseil a une particularité unique en France : il est face à l'océan Atlantique.



Il faut vraiment être au cœur d'une organisation quelle qu'elle soit, pour mesurer à sa juste valeur la quantité de travail bénévole fournie par les militants et les militantes. L'activité prud'homale en fait partie. Des camarades s'investissent dans le juridique à un degré tel qu'ils deviennent d'excellents défenseurs des salariés (sans jamais se prendre pour des avocats).
Le sérieux, la compétence de Fernand, Elie, Luc et bien d'autres dans les Unions Locales, font que 70% des affaires jugées le sont en faveur des salariés.
Il y a de la fierté, non dissimulée, chez Fernand lorsqu'il croise le fer avec le réputé Maître Lombard, avocat au barreau de Marseille... et gagne !

Les conseillers et conseillères prud'hommes s'investissent eux aussi beaucoup dans leur rôle de juges. Michel Gente, militant à Challans, deviendra en 1985, Président de la section industrie aux prud'hommes des Sables- d'Olonne.

Une situation, devenue cocasse après coup, ne m'amuse pas du tout au moment des faits.

Parmi nos militantes, nous avons Jeanne (soi-disant infirmière en région parisienne et adhérente à la C.G.T.), venue vivre en Vendée.

Elle a du temps libre. Elle propose de s'investir dans le conseil juridique. Au fil des mois, elle se débrouille plutôt bien pour instruire et défendre ses dossiers.

Pourtant, des attitudes, des propos, des postures me font douter du sérieux de son engagement militant. Fait-elle de l'entrisme ? Si oui, au service de qui ?



Bien que ne lui ayant jamais fait de remarque désobligeante, un jour elle décide de m'emmener aux prud'hommes. Elle se considère en situation de subordination.

En clair, je suis son employeur et à ce titre elle exige une rémunération !

Est-elle en difficulté financière au point d'espérer obtenir de l'argent ?

Si oui, elle ne m'en a jamais parlé.

Pour Fernand, mon défenseur, le patron de la C.G.T. ne risque pas la condamnation puisque, comme pour tous les bénévoles de bulletin de salaire il n'y a point. De ce fait, il ne peut y avoir de lien de subordination entre une militante et le secrétaire général de l'Union Départementale.

Comme prévu, le conseil des prud'hommes de la Roche-sur-Yon déboute la plaignante.
Renseignement pris auprès de la Confédération, en plus de 85 ans d'existence, c'est la quatrième fois que la C.G.T. connaît une situation aussi insolite.
Passer sa vie professionnelle à défendre les salariés et se retrouver face à la justice, laisse un goût amer.

## L'Afghanistan

Depuis deux ans, les actualités parlent de temps à autre de ce pays, dont bon nombre de Français peinent à le situer sur une mappemonde.
Des heurts, répétés, meurtriers, opposent les chefs de tribus guerrières au gouvernement qui tente de sortir le pays de structures féodales. Ces groupes rebelles opèrent à partir du Pakistan qui les arment. Les États-Unis et la Chine les soutiennent aussi.
Les coups d'État se succèdent. La situation est explosive.
En 1978, se sentant menacé, le conseil de la Révolution fait appel à l'U.R.S.S, qui envoie l'armée.
En janvier 1980, une délégation de la C.G.T. conduite par Pierre Gensous, membre du bureau confédéral, se rend sur place pour rencontrer le syndicat *Trade Union of Afghanistan* --T.U.A.-.
Son compte- rendu nous stupéfie. Nous découvrons une situation économique et sociale moyenâgeuse. Nous sommes horrifiés de découvrir le port de la burka pour les femmes.

Cette prison vestimentaire doit être portée sous peine de lapidation !

La culture, puis la vente, du pavot permet le commerce des armes.

Soucieux de donner à connaître cette situation à la C.F.D.T., je fais une copie du document et le remets, en main propre, à mon *alter ego* considérant que son organisation peut être intéressée.

Plusieurs semaines passent. A l'occasion d'une manif, un militant C.F.D.T. m'apostrophe en me traitant copieusement de stalinien !

Avec calme, j'argumente à partir de l'idée suivante : l'armée soviétique est intervenue à la demande des autorités du pays et lui précise que l'armée française est présente au Tchad.



La suite est connue. Déroute de l'armée soviétique en 1989. Guerre civile, puis le monde entier découvre le régime des talibans -les fous de Dieu-.

Une dizaine d'années passent et c'est l'attentat du 11 septembre 2001 !

Avec l'appui des régimes pakistanais et saoudien, l'armée américaine engage l'opération liberté immuable en Afghanistan, pour traquer Ben- Laden et son organisation terroriste Al Qaeda, responsable de l'attentat à New York.

Le pétroleur Bush, intime des saoudiens, a de la suite dans les idées (contrairement à ce qui se dit). Il verrait bien un pipeline reliant le Turkménistan au Pakistan - via l'Afghanistan- pour le pétrole et le gaz.

Mais il y a plus, beaucoup plus.

En Ouzbékistan, se trouve la plus importante mine d'or au monde.
Le Tadjikistan recèle le plus vaste gisement d'argent de la planète.
Le sous-sol du Kazakhstan renfermerait, paraît-il, plus du quart des réserves de pétrole connu.
Présents pour lutter contre les talibans et le terrorisme, les Américains ont laissé les narcotrafiquants en paix.
Le pays connaît une hausse exponentielle des cultures de pavot. La quantité de drogue produite serait, en 2009, vingt cinq fois supérieure à celle que produisait le pays sous les talibans !!!
1980-2010 : Trente ans se sont écoulés. Reverrai-je, un jour, ce militant de la C.F.D.T. ?
Si oui, je lui rappellerai la présence de l'armée française au Tchad.

Je lui parierai volontiers, que dans trente ans, l'armée américaine sera toujours présente dans cette partie du monde, tellement les intérêts militaires, économiques, politiques des U.S.A. les y poussent.
Je lui demanderai son avis au sujet de Ben- Laden. Court-il toujours ?
Je lui donnerai mon point de vue. Dans l'hypothèse d'une capture, je doute fort que les alliés de la liberté rentrent immédiatement chez eux. A moins de laisser les talibans modérés diriger le pays.
Je lui rappellerai également l'analyse du chef d'État-major des armées françaises en avril 2008. Cet officier supérieur disait craindre que les unités françaises ne se fassent prendre dans

une situation inextricable et deviennent une force d'occupation dans le plus grand pays producteur d'opium.

Il ajoutait : Comme je le répète depuis un moment, l'Afghanistan devient un merdier ingérable. Nous n'avons aucun intérêt à nous impliquer davantage.

Le Président Obama n'a pas la même grille de lecture, lui qui veut déployer plusieurs dizaines de milliers d'hommes et réclame un partage du fardeau sans l'intention de partager les décisions.

Quant au Président Sarkozy, croit-il vraiment à la nécessité de l'armée française dans ce pays pour lutter contre le terrorisme en France, ou espère-t-il quelques retombées économiques en faisant allégeance aux États-Unis ?

C'est surtout de chair à canon dont a besoin Washington... pour longtemps !



Les intérêts géopolitiques de classe supplantent l'intérêt général des peuples dans toute cette région du monde.

Poursuivre dans cette voie, c'est aller tout droit au chaos.

## L'unité syndicale

Le propos acerbe de ce militant me donne l'occasion d'écrire quelques lignes sur les rapports entre organisations syndicales.

De tout temps les salariés savent que l'union fait la force. Ils connaissent aussi fort bien la devise patronale et gouvernementale : diviser pour régner.

La C.G.T. a toujours milité pour l'unité syndicale, mais force est de voir la réalité en face.

En Vendée, nos rapports avec la C.F.T.C. et la C.G.C. sont quasi inexistants. Nous avons de bonnes relations avec les militants de la F.E.N. mais le champ d'activité n'est pas le même : eux sont présents à l'Éducation Nationale, nous le sommes dans les entreprises et administrations.

En 1947, au nom de l'indépendance syndicale vis-à-vis des partis politiques, singulièrement du P.C.F., des dirigeants de la C.G.T., dont Léon Jouhaux, donnent naissance à la C.G.T.-F.O.

Dans les années 70-80, André Bergeron secrétaire de cette Confédération assume son action profondément réformiste.

Les deux Unions Départementales se côtoient lors de manifestations unitaires, sans plus.

Dans les années soixante, les militants de la déconfessionnalisation de la C.F.T.C. font naître la C.F.D.T. qui se veut impertinente de par ses idées d'autogestion.



Depuis 1978, elle accentue son recentrage et parle de re-syndicalisation. Dans cette stratégie, l'unité d'action telle qu'elle avait été définie en 1974 avec la C.G.T., pour impulser les luttes sociales, devient une gêne pour elle.

C'est ainsi qu'Edmond Maire, secrétaire général, se surpasse dans les attaques contre la C.G.T., à tel point que Bergeron, très performant en la matière, en est stupéfait !

Dans les syndicats d'entreprises et entre les deux Unions Départementales les rapports ne sont pas toujours faciles, mais le souci de l'unité dans l'action reste assez fort.

Le mensonge, l'hypocrisie, animent les responsables départementaux de la C.F.D.T. qui n'hésitent pas à utiliser la désinformation comme arme anti-cégétiste.

Au cours de leur formation syndicale, ils enseignent que la C.G.T. a signé le programme commun de gouvernement (en 1972). Faux, bien sûr !

Cette information me rappelle une discussion avec le secrétaire général de la fédération du bâtiment (le représentant départemental des patrons de la profession). Il ne me croit pas lorsque je lui dis que tous les membres du bureau confédéral ne sont pas communistes. Et de lui préciser que Bernard Lacombe est prêtre ouvrier !!!

Les responsables départementaux C.F.D.T. ont besoin de véhiculer cette propagande pour nous discréditer aux yeux de leurs adhérents et des salariés. Ils savent pourtant que des militants et militantes de l'union départementale C.G.T. ne sont pas communistes : tel Joël, membre du secrétariat ; Marius puis Albert, nos trésoriers ; la dynamique Éliette, mariée à un militant… C.F.D.T., par ailleurs militante dans l'A.C.O. (Action Catholique Ouvrière), celle-là même où se retrouvent des militants C.F.D.T.



Qu'importe les contre- vérités, dès lors qu'il s'agit d'inculquer à leurs militants que la C.G.T. c'est le Parti Communiste, le parti de l'étranger.

Eu égard au poids de la religion, tout en s'en défendant, ils alimentent les causes de division de la classe ouvrière et se font les zélés relais de la fameuse idée si répandue : C.G.T. = courroie de transmission du P.C.F.

Dès le début des années 80, la C.F.D.T. se recentre et va d'abandon en abandon, au point d'arriver sur le dossier majeur des retraites, en 2003, à accepter une scission plutôt que de renoncer à son accord avec le gouvernement. Ce faisant, elle

casse l'unité d'action entre les confédérations et surtout, vole au secours idéologique du patronat.
De ces divisions internes naîtront les syndicats S.U.D.
La disparition de la F.E.N. va nourrir la création de la F.S.U. et de l'U.N.S.A.
De six organisations, le paysage syndical français passe à huit.
En 2009, la France est le pays d'Europe qui compte le plus grand nombre de syndicats, avec le moins de syndiqués : 7% des salariés.
Résultat patent : le syndicalisme s'affaiblit et ne peut obtenir de grandes conquêtes sociales.
Pourtant, si le monde change, la raison d'être du syndicalisme demeure : défendre les intérêts des salariés.

La mondialisation de l'économie provoque une régression sociale majeure, avec pour corollaire la casse du code du travail, des solidarités collectives, face à un M.E.D.E.F. (Mouvement Des Entreprises de France, anciennement C.N.P.F.), puissant, uni et arrogant.
L'ensemble des salariés est confronté à une attaque en règle qui consiste à abaisser le plus possible la rémunération de leur force de travail, face aux autres pays européens ; mais surtout face aux pays, dits émergents (Chine, Inde, Brésil...).
L'objectif est clair. Le grand patronat veut casser tous les acquis sociaux obtenus depuis un siècle : la loi de 1906 sur le repos dominical, puis 1936, la Libération avec le C.N.R.[8], jusqu'aux grandes grèves de 1968 et les acquis des années 80.



[8] Conseil National de la Résistance.

Une telle stratégie est l'expression d'une lutte des classes acharnée menée par les puissants de notre pays et le pouvoir politique à son entier service.

## Définition des sigles syndicaux

C.G.T. : Confédération Générale du Travail

C.F.D.T. : Confédération Française Démocratique du Travail

C.G.T.- F.O. : Force Ouvrière

C.F.T.C. : Confédération Française des Travailleurs Chrétiens



C.G.C. : Confédération Générale des Cadres

F.E.N. : Fédération de l'Éducation Nationale

F.S.U. : Fédération Syndicale Unitaire

S.U.D. : Solidaires, Unitaires, Démocratiques

U.N.S.A. : Union Nationale des Syndicats Autonomes

**Plogoff...**

Je ne fais plus de cure thermale au Mont-Dore, mais à Vernet-les-Bains, dans les Pyrénées Orientales au pied du Canigou, le massif montagneux préféré des Catalans.

Devenus caravaniers par goût et nécessité, nous séjournons au camping : les Cerisiers. Nous aimons cette ambiance favorable aux rencontres. Les enfants se font des copains et copines au gré des arrivées de parents curistes ou touristes. Ils inventent des jeux et vont librement les uns chez les autres.

Ils aiment aussi jouer avec Ploplo.

Jeune et magnifique Terre-neuve d'environ 70 kilos, il fait l'admiration de tous tellement il est pataud. Sa large tête, ses grosses pattes, ses longs poils noirs dégagent une puissance qui impressionne petits et grands.



Ses propriétaires l'ont appelé Plogoff, en référence à l'actualité de la fin des années 70, début 80.

Commune de la pointe du Raz dans le Finistère, Plogoff est le centre de toutes les discussions chez les pro et anti-nucléaire. Les pouvoirs publics ont en effet décidé d'y implanter, d'imposer, une centrale nucléaire, face à la mer.

Les Bretons ne s'en laissent pas conter. Après la catastrophe de l'Amoco-Cadiz, ils ne veulent surtout pas assister à une nouvelle destruction de leur environnement, d'autant que le gouvernement n'a même pas daigné engager une quelconque concertation avec les élus locaux et la population. Par contre, il organise un déploiement considérable des forces de l'ordre. Il y a des flics partout !

La fronde s'organise. Pendant plusieurs années des manifestations ont lieu régulièrement sur place. Dans tout l'Ouest de la France, ça discute serré sur l'opportunité d'une nouvelle centrale nucléaire quelque part en Bretagne.
Dès 1981, le nouveau Président de la République abandonne le bras de fer avec les anti-nucléaires.
Plogoff retrouve sa tranquillité...et les touristes.

**... Et l'écolo**

Ils luttent depuis quatre ans pour conserver leur entreprise : la SICA SAVA à Challans.
Ce n'est pas une entreprise comme les autres. Il s'agit d'un abattoir de volailles, une coopérative à laquelle les producteurs sont associés.



Les 550 salariés, avec leurs syndicats - la C.G.T. a plus de 250 adhérents - veillent jalousement à conserver leur outil de travail, car ils savent que les pouvoirs publics avec l'aide du Crédit Agricole, lorgnent sur cet abattoir.
Patrick, le secrétaire du syndicat, fera cette analyse fort judicieuse :
Si le système coopératif peut s'en tenir à un taux de profit moyen, sans pour autant casser les unités de production et procéder à des licenciements massifs, il faut bien voir que le secteur privé n'a pas du tout la même conception des affaires (au sens strict des affaires capitalistes). Toute activité qui ne génère pas un taux de profit maximum, n'a pas et ne peut avoir droit de vie dans la période actuelle.
Quelle lucidité.

Après moult actions, dont douze jours et nuits d'occupation des locaux, la lutte ne permet pas d'emporter l'adhésion de l'ensemble des salariés à cette forme de résistance, pour conserver l'entreprise - coopérative.
Le tribunal de commerce prononce la liquidation judiciaire en septembre 1980.
Pendant ces quatre années de bataille, je rencontre à plusieurs reprises les salariés. Celles et ceux qui souhaitent discuter avec la C.G.T. sur l'efficacité de la lutte pour conserver son emploi.
Impossible de se souvenir de tout, mais le propos de l'un d'entre eux (à l'air poupin) attire toute mon attention : Nous avons raison de nous battre, il faut le faire pour gagner sa vie, faire vivre sa famille, mais je crois qu'il y a des choses encore plus graves qui nous attendent. Certains appellent ça l'écologie. Avec l'augmentation des rendements agricoles, les engrais chimiques et les pesticides qui vont avec, il se pourrait qu'on abîme la planète tout en développant des maladies. Paraît-il que les cancers vont exploser d'ici l'an 2000.
Je ne me souviens pas qu'au début des années 80 nous parlions de problèmes d'environnement, occupés que nous étions à lutter contre les licenciements.
Je n'ai jamais considéré ce militant comme outrancier ou farfelu. J'ai souvent pensé à lui en me disant qu'il avait raison bien avant l'heure.
Peut-être était-il sensible aux positions de l'agronome René Dumond - candidat à l'élection présidentielle de 1974 - qui dénonçait, déjà, les atteintes à l'équilibre écologique de la planète ?

Ce professeur, devenu célèbre pour avoir bu à la télévision un simple verre d'eau pure en s'écriant que bientôt cela ne sera plus possible, est moqué par tous pour ses propos alarmistes.
Une génération plus tard, on ne rit plus.

**Le poisson…ça sent mauvais !**

Les salariées des conserveries implantées aux Sables- d'Olonne et à Saint-Gilles-Croix-de-Vie luttent, elles aussi, pour garder leur emploi.
Qu'il s'agisse des entreprises Maingourd, Angibaud, Basset, Pêcheurs de France, Saupiquet… les 500 femmes partagent la même hantise de la disparition de cette activité économique que sont les conserveries de poissons.

Odette aux Sables, Marie-Christine à Saint- Gilles, avec leurs camarades, sont des militantes très actives face à des patrons et aux représentants des pouvoirs publics qui n'ont que faire de l'avenir de cette branche d'activité sur la côte vendéenne.
Le sous-préfet des Sables- d'Olonne utilise l'insulte lorsqu'il fait remarquer aux déléguées C.G.T. que les usines de poissons sentent mauvais !
Ce à quoi Odette répond avec tact : Certes, les salariées de la conserve sentent le poisson, mais notre travail est payé et cet argent, monsieur, est propre ! Si aujourd'hui vous me voyez en colère, demain vous pourriez avoir 500 personnes devant votre porte.
Derrière ce propos délibérément provocateur du représentant du Gouvernement, une volonté politique se dessine : développer les capacités touristiques de la côte de Lumière,

avec pour objectif la construction d'un port de plaisance et son village.

Aux futurs acheteurs intéressés par le projet, les promoteurs argumentent : Ne vous en faites pas, l'usine Maingourd n'en a plus pour longtemps. Vous pouvez acheter votre appartement en toute confiance.

Nous connaissons les objectifs des pouvoirs publics de transformer les Sables- d'Olonne pour en faire une vitrine touristique. Sa plage de sable fin est réputée depuis fort longtemps.

Quelques années plus tard ce parti pris local s'intègrera dans une logique nationale, avec pour concept : la France : le bronze - cul de l'Europe.

Au fil des années, la Vendée devient le deuxième département touristique, après le Var.



La ville des Sables- d'Olonne construit son port de plaisance, Olonna, rendu célèbre par le Vendée Globe. En 2008, le départ de cette course prestigieuse rassemble de 5 à 600.000 personnes. Le vainqueur, Michel Desjoyaux, réalise une course exceptionnelle.

Quant à la pêche, les quotas de Bruxelles asphyxient la profession des marins - pêcheurs. De conserverie de poissons... il n'y a plus.

## Le 38ème congrès

En novembre 1980, chargé par la direction de l'U.D. sortante, de présenter le rapport d'introduction au 38ème congrès, je ne suis pas optimiste pour parler de l'activité économique, sociale et syndicale.

Les journaux Ouest-France et Presse-Océan, en rendant compte de nos travaux, reprennent l'essentiel de mon propos : l'emploi est en danger partout.

Dans le pays, le chômage a doublé en moins de cinq ans pour atteindre deux millions de sans emploi. Le département en compte douze mille, soit près de 10% de la population salariée, sans parler du chômage partiel et des contrats à durée déterminée qui se développent.

Chaque intervenant au congrès, salarié d'entreprise privée, fait état de licenciements ou de chômage technique.

Lorsque nous dénonçons cette situation, en distribuant des tracts aux portes de l'ASSEDIC, des gens bien intentionnés argumentent, déjà, sur la nécessité de partager le travail.



Notre réponse est sans ambigüité : Vous connaissez beaucoup d'employeurs qui partagent les bénéfices avec leurs salariés ? Pourquoi faut-il que ce soit toujours ces derniers qui paient les conséquences de la crise ?

Le chômage explose et les salaires stagnent. Si un Français sur deux gagne moins de 3.300F net par mois -notre revendication du SMIC-, nous affirmons sans démagogie qu'au moins 70% des salariés du département ne perçoivent pas cette somme.

Au nom de la rentabilité du capital et de la compétitivité, les employeurs exigent toujours plus de travail dans le minimum de temps. Les cadences atteignent des rythmes à la limite du supportable, au mépris des règles élémentaires d'hygiène et de sécurité. Le nombre des accidents augmente ainsi que leur gravité.

Cette affirmation peut s'illustrer par le cynisme de ce patron, propriétaire d'une petite entreprise de l'habillement, dans les environs de La Châtaigneraie.

- J'embauche une jeune à seize ans, à la sortie de l'école. A trente cinq, je la dégage parce qu'elle n'est plus rentable !

Ce sinistre personnage applique la devise du patronat Japonais : extraire une goutte d'eau d'une serviette sèche.

A propos des Japonais, nous découvrons la notion de surtravail, que je traduis par mort de trop de travail. Certains de ces salariés surexploités se suicident sur leur lieu de travail, notamment des cols blancs qui passent l'essentiel de leur temps à l'entreprise. En 1982, le phénomène prend une telle ampleur qu'il lui est donné un nom : le karôshi.

Bien que le mot ne soit pas nouveau dans la langue française, patrons et salariées parlent d'efficience, en particulier dans les usines de l'habillement. C'est le cas chez Big-Chief, où les avertissements pleuvent pour manque d'efficience. Au troisième, c'est le licenciement.



Il faut imaginer la tension nerveuse du personnel à tous les stades de fabrication d'une chemise. De la prise du tissu, à la chemise pliée prête à la vente, les opérations ne doivent pas dépasser douze minutes.

Monsieur Bidermann ne se gêne pas pour faire savoir que le prix de revient du même vêtement lui coûte 41% moins cher au Portugal.

Si les ouvrières veulent garder leur emploi, elles doivent accepter l'augmentation des cadences.

Dans un tel contexte économique il est bien difficile de développer l'activité syndicale.
L'objectif des 10.000 adhérents ne peut être atteint et les cotisations diminuent au fil des années, au point de ne pouvoir assurer le salaire du deuxième permanent.
Il n'y a pas qu'en France que l'austérité fait des ravages. En Grande-Bretagne, Margaret Thatcher est premier ministre depuis 1975. La déréglementation est le maître mot de sa politique. Elle engage un train de privatisations portant sur une cinquantaine d'entreprises.
Lors de notre congrès, sur proposition d'un délégué, nous envoyons à l'ambassade de Grande-Bretagne en France, un télégramme de solidarité internationale envers les patriotes d'Irlande du Nord qui croupissent dans la prison de Long Kesh, près de Belfast.



Quelques mois plus tard, Bobby Sands -député de la chambre des Communes- et neuf de ses compagnons nationalistes républicains, font grève de la faim pour obtenir le statut de prisonniers politiques et signifier au monde entier qu'ils sont prêts à engager leur vie pour trouver une issue au conflit armé.
Celui-ci relève plus de la colonisation de cette partie de l'Irlande que d'une guerre de religion : catholiques contre protestants.
Le calvaire de Bobby Sands dure plus de deux mois, puis semaine après semaine les neuf militants meurent à leur tour, sans que la dame de fer n'ait une once d'humanité à leur égard !
Ses réformes se heurtent à une vive résistance avec une multiplication des conflits sociaux, dont le plus mémorable est

la grande grève des mineurs, au moment où les puits de charbon ferment les uns après les autres (1984-85).

Avec beaucoup d'intérêt et de solidarité, la CGT suit ce mouvement social au caractère quasi insurrectionnel.

Là non plus, le premier ministre britannique ne cède rien et le mouvement syndical peine à se remettre des sévères coups portés durant cette période.

Margaret Thatcher n'hésite pas à faire de cette grève un prolongement de la guerre des Malouines, qui opposa la Grande-Bretagne à l'Argentine en 1982, en déclarant :

-Nous avons dû nous battre contre l'ennemi extérieur aux Malouines, nous devons maintenant nous battre contre l'ennemi intérieur qui est beaucoup plus coriace, mais tout aussi dangereux pour la liberté.

Comparer ses compatriotes qui défendent leur travail pour pouvoir vivre, aux dictateurs militaires Argentins voilà bien l'expression de la haine de classe de cette représentante de la haute bourgeoisie britannique !



## 10 mai 1981

L'élection de François Mitterrand à la présidence de la République soulève un immense espoir chez tous les progressistes même si, en Vendée, Valérie Giscard d'Estaing l'emporte largement.

Les raisons qui ont entraîné l'explosion du chômage ne peuvent disparaître sur simples décrets, fussent-ils d'un gouvernement de gauche avec la participation de quatre ministres communistes -la première fois depuis 1947-.

Nous savons que la situation va se tendre et les luttes devenir plus âpres.
C'est le cas au garage Peugeot, à La Roche-sur-Yon, où le patron s'est juré de quitter la France en cas de victoire de la gauche. Il partira au Canada laissant plusieurs dizaines de salariés sur le carreau.
Dans les premiers mois du gouvernement de Pierre Mauroy, la nouvelle majorité qui propose de changer la vie et rompre avec le capitalisme manifeste une grande activité législative.
Des mesures sont prises en matière d'augmentation du SMIC, de pensions et prestations sociales, de création d'emplois dans la fonction publique.
Le pouvoir d'achat des plus modestes s'améliore, la progression du chômage ralentit puis se stabilise.

La décentralisation, la création du statut des fonctionnaires, la formation professionnelle, les lois Auroux, ministre du travail, qui donnent de nouveaux droits aux salariés et aux syndicats, sont autant d'éléments qui posent la question essentielle : qui doit payer ?
Au fur et à mesure que s'affirme le besoin de poursuivre dans la voie des réformes entreprises, le combat devient plus rude.
Le CNPF s'oppose à toute mesure contraire à ses intérêts. Son président, Yvon Gattaz, est clair : Depuis plusieurs mois, nous avons tiré sur le fil des charges et cela a été efficace. Nous allons maintenant tirer celui de la flexibilité de l'emploi.
Dans son combat contre le gouvernement, il utilise le mécontentement des salariés. Pour eux, les changements tardent à venir, notamment en matière de grande politique industrielle et de justice sociale.

Au fil du temps, il sème le doute et favorise les comportements de renoncement, bien que dans le même temps des salariés s'enhardissent en s'organisant syndicalement.

Le patronat n'accepte pas l'idée d'une évolution démocratique de la société. Pour l'empêcher il utilise différents moyens, à partir d'une idée fondamentale : LE POUVOIR NE SE PARTAGE PAS.

Parmi ces moyens, il y a la répression. Dans les petites entreprises elle est féroce. Les employeurs s'opposent ouvertement à l'existence même du syndicat. Des salariés, devenus militants, paient cher leur engagement.

Chez Gilaizeau, ambulancier à La Roche-sur-Yon, chez Milcendeau, entreprise du bâtiment aux Sables- d'Olonne, chez Raffeneau (ex Big-Chief) à la Caillère et dans des dizaines d'autres entreprises.



Le patron de l'imprimerie Pollina à Luçon est le plus réactionnaire de tous. Ce sinistre individu menace, éructe, à l'adresse du jeune militant : Pour obtenir une entrevue, Quérard devra prendre rendez-vous huit jours avant, au risque d'avoir une tête au carré et de passer à travers la porte. Je casserais bien la gueule à ce pédéraste, mais ses copains cégétistes m'emmèneraient au tribunal correctionnel !

Par deux référés, le conseil des prud'hommes condamne la S.A. Pollina à payer sept mois de salaire au militant, interdit d'entreprise donc sans revenu, et à une astreinte de 15.500 Francs.

Durant toute l'affaire Pollina, l'union patronale par la voix de son secrétaire général, monsieur Loyau, soutient sans faille ce que l'on appellera plus tard : un patron voyou.

C'est la lutte de classes, impitoyable, qui marque à jamais.

Seule la solidarité, la fraternité entre militants permettent de ne pas craquer.

## La SIVEM

A la fin de l'année, un autre conflit social marque le département.

Le groupe Armand Thierry-Sigrand, l'un des grands confectionneurs français spécialiste du vêtement masculin de qualité, se scinde en deux.

D'un côté, la SIVEM emploie au total 1.300 personnes, majoritairement des femmes, dont 680 à Aizenay, commune de 5.000 habitants, et 620 à Mérignac en Gironde.



Son chiffre d'affaire est de 200 millions de Francs en 1980.

De l'autre, la SOMAT, 80% de son capital est détenu par la S.A. Le Printemps, s'occupe de la gestion des 58 magasins Thierry-Sigrand répartis sur le territoire national.

Après avoir bien profité de la production des deux usines SIVEM, la SOMAT fait fabriquer, en partie, ses vêtements à l'étranger.

Cette restructuration opérée en 1980 se traduit par un dépôt de bilan le premier octobre 1981, avec fermeture de l'entreprise au 31 décembre, en l'absence d'un repreneur, alors même que la productivité est élevée.

Il faut imaginer le séisme social pour toute cette partie du département. Aizenay compte 160 chômeurs. Avec l'arrêt de la SIVEM, c'est ... 260 femmes de plus sans emploi, soit 25% de la population active.

Les communes voisines sont tout autant concernées : Beaulieu, Coex, Palluau, le Poiré-sur-Vie, Venansault…
Cette liquidation s'inscrit-elle dans les tentatives de la droite et du patronat de déstabiliser l'économie et fragiliser ainsi la politique gouvernementale ?
Pas impossible car Nicolas Thierry, actionnaire de la SOMAT, n'a jamais sollicité l'aide des pouvoirs publics pour sauver l'entreprise. Pas impossible non plus, car le Président de la République déclare lors d'une conférence de presse en Septembre 1981 : J'ai demandé à monsieur le premier Ministre, que soit instituée à ses côtés une sorte de cellule de travail et de contrôle pour qu'il n'y ait pas une seule entreprise dans toute la France, qui soit en passe de fermer, sans qu'aussitôt cette cellule soit informée, alertée et que département par département les mesures possibles et envisagées soient mises en œuvre.
Est-ce une réelle volonté politique, ou une manœuvre politicienne, car trois mois plus tard lorsque la CGT de la SIVEM écrit au premier Ministre, rien ne fonctionne.
La seule réponse qui vaille vient de la détermination, dans l'action, des salariées à défendre coûte que coûte leur emploi.
Dès l'annonce du dépôt de bilan, les déléguées CGT : Chantal la secrétaire du syndicat, Jacqueline, Marguerite, Maryvonne, Françoise… interviennent à tous les niveaux. Le Maire, le député socialiste Métais, le Préfet, le ministre de l'industrie, du travail, la DATAR…
La fédération CGT de l'habillement, avec sa secrétaire générale Michèle Doussineau, joue un rôle important d'animation et de soutien.

Ces femmes organisent quotidiennement des rendez-vous avec les pouvoirs publics, manifestent pour faire connaître leur lutte en invitant les journalistes de Ouest-France, Presse-Océan. Elles s'expriment aussi aux informations télévisées régionales.

Le 4 décembre 1981, elles se rendent à 150 au ministère de l'industrie pour défendre leur emploi, en essayant de trouver un industriel intéressé par le rachat de l'entreprise.

Elles ne rencontrent pas le ministre Pierre Dreyfus, mais deux collaborateurs. Elles ne rencontrent pas non plus Georges Jollès, conseiller du ministre et ancien bras droit de... Maurice Bidermann, chez Big-Chief à La Roche-sur-Yon.

Elles ne se trompent pas lorsqu'elles disent ne pas apprécier du tout cet expert patronal, à cette responsabilité, peu enclin à favoriser le développement de l'industrie textile en France.



Parallèlement, avec l'équipe municipale et l'association des commerçants, Aizenay connaît sa journée ville morte en solidarité avec les SIVEM.

Elles reçoivent le soutien moral de toute la population agésinate, ainsi que celui des maires des communes concernées. Cette solidarité les motive encore plus pour trouver une solution rapide... ou occuper leur usine afin de défendre leur outil de travail.

Des contacts sont pris par les pouvoirs publics pour trouver un repreneur français, ou étranger, mais déjà circule le bruit que ce ne sera pas sans licenciement.

Le syndicat d'entreprise, l'union départementale et la fédération considèrent que les pouvoirs publics doivent faire pression auprès des patrons de l'habillement pour interdire les importations, développer les emplois avec maintien des avantages acquis, suite à la nouvelle donne issue des élections du 10 Mai.

Dans toutes les familles concernées, l'incertitude, l'inquiétude pour l'avenir proche, dominent en ce Noël 1981.

Avant même les fêtes de fin d'année, l'industriel Bidermann visite l'entreprise.

De leur côté, les cadres déposent un projet de reprise. La CGC et la CFDT, anti-Bidermann au possible, soutiennent ce plan dont elles ne connaissent même pas le contenu dans le détail.

La CGT ne s'associe pas à cette démarche jugée trop dangereuse. Pas question d'engager l'avenir du personnel les yeux fermés. Cette divergence de fond l'amène à se retirer de l'intersyndicale.

J'ai des contacts réguliers avec l'inspecteur du travail en charge de ce lourd dossier.



Il me donne l'information suivante : On sait que Bidermann est intéressé, mais il y a un type qui lui aussi pourrait se mettre sur les rangs, mais on ne sait pas très bien si financièrement il a les reins solides. Paraît-il qu'il achète les entreprises en difficulté pour un franc symbolique. Il s'appelle Bernard Tapie.

Cette information me paraît tellement loufoque, dénuée de sérieux, que je n'en parle même pas à Chantal. Acheter la SIVEM pour un franc. Pourquoi ne pas faire travailler les ouvrières sans les payer.

Le temps passe. Le dossier va de rebondissement en faux espoir, au point que le 11 Février 1982 la CGT décide d'occuper l'usine jour et nuit pour obliger les pouvoirs publics à trouver une solution viable.

En prenant cette décision, oh combien courageuse, les ouvrières ne savent pas qu'elles engagent la plus longue lutte de l'histoire sociale en Vendée : 11 mois.

Le 26 Février, Pierre Mauroy vient chez Esswein, filiale de Thomson qui produit lave-linge et lave-vaisselle, pour officialiser la nationalisation des grandes entreprises dont douze groupes industriels et plusieurs dizaines de banques.

Il est possible enfin de remettre le potentiel industriel et financier au service de l'emploi, au service du progrès social. Il s'agit désormais que les travailleurs puissent travailler mieux, travailler moins et travailler tous. La nationalisation est un moyen au service du pays, au service des hommes. Le secteur public industriel doit devenir un modèle de réussite sociale.



Difficile de remettre les clés de la nationalisation de Thomson à La Roche-sur-Yon sans rencontrer une délégation des salariées de la SIVEM.

Elles sont nombreuses au rendez-vous et ne s'embarrassent pas avec le protocole ! Le Premier ministre a bien du mal pour se faire entendre, tant il est chahuté par les salariées.

Vous comprenez bien que le gouvernement ne peut pas vous reprendre. On ne peut pas non plus vous garantir de trouver un autre repreneur que Bidermann, il vous faut prendre vos responsabilités...

Un autre Premier ministre tiendra à peu près le même langage, devant les caméras de télévision : l'Etat ne peut pas tout.

Il fait référence à Michelin, qui en 1999, annonce une hausse de 17% de ses profits semestriels et un plan de 7.500 suppressions d'emplois en Europe sur trois ans.
En une séance, l'action Michelin bondit de 12% et fait gagner 2 milliards de Francs aux actionnaires.
A partir de ce « jeu de massacre », le Parti Communiste va parler de « licenciements boursiers ».
Les Français vont faire payer très cher à Lionel Jospin, Premier ministre, son attitude inadmissible. Au soir du premier tour de l'élection présidentielle du 21 avril 2002 ils le mettent hors course.

Pendant ce temps, Bidermann pousse les feux et discute en haut lieu. Comme chez Big-Chief précédemment, ses exigences sont telles que le personnel est contraint à choisir entre la suppression des avantages acquis : la prime de rendement, la mutuelle avec couverture de la famille, le restaurant d'entreprise, ainsi que le treizième mois... ou le chômage.



Il revient le 18 Mars, mais la CFDT et la CGC l'accueillent à coups d'œufs et de tomates.
La négociation très difficile, exacerbe les sentiments. Bidermann considère que le personnel le prend pour un escroc !
Pris à partie par des salariées sensibles aux idées de la CFDT je tente d'expliquer :
Même avec un gouvernement de gauche, je ne connais pas de situation en France, où dans un conflit comme le vôtre, les

salariés peuvent se payer le luxe de choisir leur futur patron. Le jusqu'auboutisme risque d'être dangereux.
Je suis hué devant la caméra de FR3 Pays de Loire : Tu es vendu à Bidermann !
Patron escroc d'un côté, permanent de la CGT vendu aux patrons de l'autre : l'ambiance est explosive !
Le 24 Mars 1982, les 1.300 lettres de licenciement tombent à Aizenay et Mérignac...
Les militantes de la CGT poursuivent l'occupation de leur usine...
Les militantes de la CFDT et ceux de la CGC refusent de poursuivre l'action.
Durant ces onze mois d'occupation, les ouvrières multiplient les démarches en direction des ministères, des élus départementaux et responsables politiques.
La fédération CGT de l'habillement se bat pour reconquérir le marché intérieur. Huit pantalons sur dix achetés en France proviennent, déjà, de l'étranger.
On ne parle pas encore de fabrication en Chine ou au Bangladesh mais, dans cette profession, la mondialisation avance à marche forcée.
Les patrons dictent leur loi aux politiques.
Le 12 Mars 1983, la reprise de l'ex-SIVEM par la SGV (Société Générale du Vêtement de Limoges) se concrétise par le rachat de l'usine d'Aizenay et la marque le « Toro », pour quatre millions de Francs.
Un plan social prévoit le redémarrage avec cinquante emplois, pour monter en puissance à deux cents dans les deux ans.

L'objectif est de fabriquer 100.000 pantalons par an. La réputation de la marque est un atout non négligeable.

Les occupantes font repartir l'entreprise et le directeur, monsieur Moréno précise : Nous étudions le programme d'embauche, en particulier avec la CGT qui a été déterminante dans l'occupation et l'entretien de l'outil de travail.

Comment faire comprendre ce que signifie occuper son usine, jour et nuit, pendant près d'un an ?

J'ai pu mesurer l'âpreté de cette lutte en passant des parties de nuit à accompagner ces ouvrières. Je me souviens de ce petit matin, où elles sont quatre dans cet atelier immense.

Je sais que des couples tanguent : le mari ne comprend pas, les enfants attendent maman...

Ce conflit social, le plus long de l'histoire de la CGT en Vendée - en 80 ans - a été mené et gagné par des femmes. Souvent la force nous manque pour bousculer l'ordre des choses dans notre vie ou dans les affaires publiques. Mais là, leur courage, leur opiniâtreté, leurs sacrifices, leur volonté farouche à se défendre, l'ont emporté.

Ces ouvrières n'ont pas subi l'avenir, elles l'ont construit tout en sachant que les combats ne se terminent jamais.

Leurs collègues de New-Man à Luçon se battront pour les mêmes raisons.

Ce sont elles qui défendent les intérêts du monde du travail... et personne d'autre !

Quel regard, quelle analyse portera l'historien sur cette lutte exemplaire à bien des égards ?

## Bienvenue à Lille

Le 41ème congrès de la CGT se tient à Lille en juin 1982, un an après l'arrivée de la gauche au pouvoir.
Son analyse est pertinente : ... cette crise n'est pas seulement économique. Elle secoue tous les domaines de la vie, la société toute entière. Elle est l'aboutissement de l'évolution destructrice d'un système basé sur l'exploitation renforcée des travailleurs et le pillage des richesses des peuples.
C'est la faillite d'une manière de produire, de travailler, de vivre. C'est la faillite d'un type de croissance fondé sur le profit capitaliste et de productivité qui mutile et broie l'homme...
Pendant plusieurs jours les délégués-es, venus de toute la France, débattent de l'orientation de leur organisation.

En milieu de congrès nous sommes invités dans les salons de l'Hôtel de Ville. Le maire en personne, tient à saluer les congressistes. Après les mots de bienvenue, ce n'est plus le premier magistrat de la ville qui s'exprime, mais... Pierre Mauroy, Premier ministre.
Les salariés connaissent une timide réduction du temps de travail avec les 39 heures, la 5ème semaine de congés, le droit à la retraite à 60 ans -le décret d'application sera promulgué le premier avril 1983-.
Les délégués attendent des annonces fortes en matière de vie citoyenne à l'entreprise et de reconquête du marché intérieur.
Est-ce la première fois qu'il prononce le mot en public ? C'est la douche froide quand il annonce : des efforts nécessaires !
Nous connaissons le sens du propos. La suite du congrès est empreinte d'inquiétude, voire de colère ; mais aussi de la

volonté de se battre pour réussir ce changement tant espéré par des millions de salariés.
Le soir même, ou le lendemain, l'orchestre national de Lille, l'une des grandes formations musicales françaises, donne un concert en notre honneur. Le chef d'orchestre, à la réputation internationale, Jean-Claude Casadesus et ses musiciens interprètent des œuvres de Beethoven, Ravel, Berlioz. Une soirée inoubliable.
Peu habitués à assister à un concert d'une telle qualité, nous les remercions en les ovationnant longuement.
En fin de congrès, Henri Krasucki succède à Georges Séguy à la responsabilité de secrétaire général.
Une petite note légère au sujet de Georges Séguy. De tous les humoristes du moment (Thierry Le Luron, le bébête show...) aucun ne l'a jamais imité, moqué ou ridiculisé. Je me demande encore pourquoi. Son autorité morale empêchait peut-être quiconque de le faire ?



## Élu politique

Aux élections municipales du printemps 1983, le secrétaire fédéral -départemental- du Parti Communiste Français me sollicite pour faire partie de la liste conduite par le maire sortant.
Son bilan est apprécié et la nouvelle équipe élue très largement.
Dans celle-ci, je suis maire adjoint à l'urbanisme.
Je comprends très vite le fonctionnement de cette municipalité : le maire décide de tout.
Il lui faut donc maîtriser tous les dossiers.

Membre du bureau fédéral, je suis également secrétaire de la section du PCF du pays Yonnais (La Roche-sur-Yon et ses environs). L'activité n'est pas la même qu'à l'Union Départementale, mais avec environ 600 adhérents les réunions à 20h30 ne manquent pas pour aider les camarades à animer la vie de leurs cellules, qui sont le mode d'organisation du PCF dans les quartiers et les entreprises.
Certains font une carrière politique au fil des mandats se retrouvant élus pendant vingt, trente ans, ou plus. Je n'achèverai même pas celui de six ans !

## Mitterrand en Vendée

Entourée d'un épais silence officiel, la venue impromptue du Président de la République, en ce 21 juillet 1983, interroge tout observateur.
Pourquoi un tel mystère si le chef de l'État veut découvrir la réalité des conditions de travail des ouvrières chez Big-Chief-Bidermann ?
Il visite l'usine en s'arrêtant longuement à tel poste de travail, se fait expliquer dans le détail le mode de confection des chemises et pantalons pour hommes.
Avant de repartir sous d'autres cieux, il déclare entre autre : Le plan de restructuration du groupe Bidermann, appuyé par le fonds européen de solidarité et le fonds national pour l'emploi, doit permettre à terme à cette importante entreprise textile de reconquérir le marché intérieur et de jouer un rôle non négligeable à l'exportation.

Les déléguées CGT, dont Pierrette, ont une autre analyse de la situation. Elles connaissent la volonté des industriels du textile habillement de se développer à l'étranger, pour y faire plus de profits.
Ce n'est pas banal qu'un Président de la République rende visite à des salariées, à leur poste de travail. Vient-il les rassurer sur leur avenir professionnel, tout en sachant fort bien que leur activité disparaîtra ?

## Agir pour avancer

Tel est le titre de l'appel aux salariés, lors du 39ème congrès de l'Union Départementale en décembre 1983.
- Le patronat refuse d'investir, exige le droit de licencier, part en guerre contre le pouvoir d'achat avec la ferme intention de le faire baisser, refuse de négocier sur les salaires réels comme la loi l'y oblige, lutte avec acharnement contre l'application des droits nouveaux et tente de démanteler la protection sociale, qu'il s'agisse de l'UNEDIC (indemnités de chômage) ou de la Sécurité Sociale… .
L'appel énumère des mesures de relance économique par la reconquête du marché intérieur. Propose d'imposer de 25 milliards les 110.000 familles, dont 600 en Vendée, qui détiennent 1.500 milliards de fortune.
Plusieurs mois avant le congrès, je demande à ne plus assumer la responsabilité première de l'U.D. En fin de congrès, la nouvelle direction élit Jean-Paul Cotillon secrétaire général de la CGT de Vendée. A ses côtés, Alain, Eliette et Richard sont membres du secrétariat.

Avant de nous quitter, je remercie les congressistes des marques de sympathie qu'ils viennent de me témoigner et termine mon petit topo par une citation de Charlot à la fin du film Le Dictateur (tourné en 1939- 1940), que je trouve très belle.

- Vous le peuple, avez le pouvoir de créer des machines, le pouvoir de créer le bonheur. Vous le peuple, avez le pouvoir de rendre la vie libre et belle, de faire de cette vie une merveilleuse aventure. Alors, au nom de la démocratie, usons de ce pouvoir : UNISSONS-NOUS.

Luttons pour créer un monde neuf, un monde qui accordera à tous les hommes la possibilité de travailler, qui donnera un avenir à la jeunesse et la sécurité à la vieillesse.

A ma façon (et très modestement) j'ai écrit quelques pages de la vie syndicale d'un département réputé pour être un laboratoire grandeur nature des méthodes patronales.



Il appartient désormais à d'autres d'apporter leur témoignage. Nous avons tous besoin de la mémoire collective pour transmettre, aux générations futures, des valeurs de justice sociale et de liberté.

J'ai participé du mieux que j'ai pu à la vie de la société, en donnant mon avis, en intervenant pour essayer d'influer sur les décisions. A mes yeux, rien d'extraordinaire, tout simplement un devoir de citoyen.

Avant de tourner cette page, je souhaite donner à connaître l'évolution des entreprises dont j'ai parlé plus avant.

Que devient la SACER depuis 1975, où nous avions obtenu le treizième mois ?

La lutte continue pour casser les militants de la CGT. Claude à La Roche-sur-Yon et Francis à Rennes, sont dans le collimateur.
Un géomètre, missionné par le siège social, prend Claude pour l'aider dans son travail sur le terrain. Après quinze jours passés ensemble l'envoyé spécial de Paris se répand en confidence : J'ai ordre de faire un rapport en votre défaveur de façon à ce que l'entreprise vous licencie. J'ai appris à vous connaître. Vous n'êtes pas du tout la personne dont on m'avait parlé. Je réprouve la façon de faire. C'est moi qui pars de l'entreprise.

SACER- SCREG- COLAS, ces entreprises font partie du groupe BOUYGUES. Un avocat de ce major est chargé de négocier le départ de Francis, plus exactement son licenciement.
L'intéressé refuse. Ouest-France s'en fait l'écho.
Dans les deux cas l'entreprise prend une claque insupportable. Il s'ensuit une première liste de licenciements, puis une seconde et une troisième à La Roche-sur-Yon, au motif que l'entreprise ne peut faire face à la concurrence eu égard aux salaires et charges trop élevés.
Les militants CGT se battent remarquablement pour conserver leur emploi, au point qu'ils obtiennent un chantier de deux mois de la part de la municipalité Yonnaise.
En apostrophant Claude, la direction est furieuse : De quoi t'occupes-tu. Tu es chauffeur ou commercial ?
Je suis chauffeur et élu par les collègues de travail. En défendant l'entreprise je défends aussi leurs intérêts.

Le 1er Janvier 1985 la SACER n'existe plus à La Roche-sur-Yon. La L.R.V. -La Routière Vendéenne- la remplace. Les salariés la surnomment, à juste titre : Les Rescapés Vendéens !
En procédant ainsi, les patrons de l'industrie routière cassent les avantages acquis et se débarrassent de ceux qui se sont battus pour vivre mieux.
Claude connaîtra cinq longues années de chômage, entrecoupées de petits boulots, puis terminera son activité professionnelle dans un garage à la marque prestigieuse.
Il sera lésé jusque dans son départ en retraite.
La CNRO (organisme paritaire de retraite pour les ouvriers du BTP), octroyait une prime de départ au prorata de l'ancienneté.
Après 28 ans dans la profession, il pouvait prétendre à la coquette somme de 30.000 Francs.
Des organisations syndicales - dont la CFDT - vont signer un nouvel accord pénalisant les ayants droit. Désormais la prime sera versée à la condition expresse d'être dans la profession au moment du départ en retraite.
N'étant pas son cas, il n'aura rien !
Je comprends et partage sa profonde amertume, sa rancœur, à l'égard des vendus aux puissants, lui qui toute sa vie a défendu les autres.

De BIG-CHIEF, la SGV, NEW-MAN et tant d'autres, il ne reste rien.
Seuls quelques ateliers de prototypes subsistent et une centaine de femmes travaillent pour la haute couture (travail fait main).

Vous et moi n'avons même plus la liberté d'acheter des vêtements fabriqués en France.
Quant à l'industriel Maurice Bidermann, il fera parler de lui en 1996.
Son entreprise de textile est renflouée, à perte, par son ami Loïc Le Floch-Prigent dont les activités aux ordres du pouvoir chez ELF le rendent célèbre, au point de conduire chacun d'eux... en prison !

## Regards sur le Monde

Avant de quitter ce département que j'ai tant aimé-ses plages, ses côtes, ses marais, son bocage, sa plaine, mais surtout, ses habitants et habitantes au cœur si généreux quand on les connaît bien-, il me paraît normal d'écrire quelques lignes sur la période 1984-1986, ainsi que sur des moments importants vécus en région parisienne.

D'abord les enfants. Le temps passe si vite ...

Après avoir fréquenté tous les deux le collège Haxo, Patrick entre au lycée polyvalent, obtient son bac D puis direction la fac de Nantes. Il termine ses études à ParisVI – fac de Jussieu-, obtient une maîtrise de biologie moléculaire et un D.E.S.S. (Diplôme d'Enseignement Supérieur Spécialisé) en gestion industrielle.

En me remémorant son cursus universitaire je pense à la conversation que nous avions eue au début des années 90. De par sa formation scientifique, il lui paraissait plausible qu'une forme de vie existe ailleurs que sur notre planète, y compris au-delà de notre galaxie.

Son argumentation me fit penser, de suite, au chemin parcouru en trente ans entre lui et son grand-père qui ne pouvait croire en la conquête de la Lune.

Manon souhaite s'orienter vers une formation technique. Son dossier scolaire lui permet d'entrer au lycée professionnel Livet à Nantes.
Nous, les parents, préfèrerions qu'elle suive une formation générale et ainsi l'avoir près de nous encore un peu, mais nous respectons son choix et la laissons libre de partir, alors qu'elle n'a pas quinze ans.
Son bac technique en poche, elle est admise à l'école Boulle de Paris à la réputation internationale et obtient son B.T.S. en architecture intérieure.

Si nous sommes fiers de la réussite de nos enfants, nous savons également que leur carrière professionnelle, au moins jusqu'en 2030, risque d'être plus difficile que la nôtre et à ce titre les avons encouragé à travailler, tout en faisant les efforts financiers nécessaires.
Pendant ce temps, d'autres parents expriment une conception bien différente : Ils feront comme nous, ils se débrouilleront !



## Du rififi en Mairie

En cet été 1984, de retour de vacance, le maire de La Roche-sur-Yon tient une conférence de presse et annonce contre toute attente :
Les élus communistes n'ont plus qu'à bien se tenir, en écho au départ des quatre ministres communistes du Gouvernement, la direction du PCF ne voulant pas cautionner la politique de rigueur mise en œuvre.

Est-ce une initiative isolée de la part d'un maire socialiste en province, ou un ballon d'essai lancé par la direction nationale du PS à l'égard du PCF ? Ou autre chose encore ?

Nous restons fidèles au mandat confié par les Yonnais, en travaillant dans les différentes commissions et sur le terrain.

En octobre 1984, le Premier ministre Laurent Fabius crée les T.U.C.[9], puis en février1985 d'autres mesures sont prises en faveur du travail à temps partiel.

Amenés à nous positionner sur la création de TUC à la mairie, le groupe communiste critique cette disposition mais vote pour, en solidarité avec la majorité municipale.

Très dubitatif sur le sujet je comprends, dès lors, que ce gouvernement met en œuvre la flexibilité du travail, pour la plus grande satisfaction des patrons au détriment du code du travail. Je me dis aussi que la promesse de Mitterrand d'appliquer les 35 heures, sans diminution de salaire, au 1er janvier 1986 ne verra pas le jour.

J'ai connu suffisamment de luttes dans le but d'améliorer le contenu des conventions collectives pour ne pas voir qu'une telle décision va engendrer petits boulots et précarité pendant que d'autres s'évertuent à en expliquer le bien-fondé.

A terme, ce sera catastrophique pour des générations de jeunes entrant sur le marché du travail.

Vis-à-vis de nous, Monsieur le maire maintient la pression jusque fin 1986, date à laquelle il décide de supprimer les indemnités aux maires adjoints communistes.



---

[9] Travaux d'Utilité Collective.

Rémunéré, en partie, par les dites indemnités je n'ai plus qu'à aller voir ailleurs.
Ainsi se termine ma vie de militant et d'élu politique en Vendée.

## Bonjour la Capitale

De nombreux provinciaux montent à Paris pour le travail et en repartent dès que possible. Ce ne sera pas mon cas.
Je m'adapte plus ou moins rapidement à mon nouveau travail de collaborateur politique au siège du PCF et à un nouvel environnement.
Arrivé en Février 1987, je supporte difficilement de ne pas voir le Soleil pendant trois semaines d'affilée. La nuit tombée, par beau temps, je cherche la Lune mais ne la trouve pas cachée qu'elle est par les immeubles.
Habitué à un environnement végétal, j'étouffe dans celui où domine le minéral.
Quant au logement : terminé les joies du pavillon, place à l'appartement.
Une autre situation me pèse. Lors de réunions, de manifestations personne ne m'adresse la parole, puisque inconnu. Dure réalité !
Des dix sept années de vie professionnelle en Ile- de- France, je retiens quelques moments forts.
Collaborateur au secteur éducation des militants, six mois après mon arrivée je suis nommé directeur de l'école d'un mois du P.C.F. à Draveil (Essonne).

Cette très belle propriété, à l'orée de la forêt de Sénart, inaugurée quelques années plus tôt par le secrétaire général, Georges Marchais, accueille des militantes et militants de tout le pays pour une formation politique d'un ou quatre mois.

La vie en internat crée les meilleures conditions matérielles qui soient pour favoriser le travail intellectuel. Salles de cours lumineuses, bibliothèque, discothèque, salles de jeux et de sport pour la détente.

En cuisine une équipe soucieuse de donner satisfaction est appréciée de tous. Des sorties au théâtre, au musée de la Résistance nationale à Champigny-sur-Marne, la visite du journal l'Humanité… sont des moments privilégiés dans la vie du militant.

Je vais diriger cette formation d'un mois, pendant trois ans.

Cette école développe une pédagogie de l'effort. L'investissement de chacun est réel pour découvrir, approfondir des matières telles que la philosophie et l'économie marxiste peu fréquentées dans leur quotidien.

Tous ne sont pas habitués à suivre un cours magistral d'une heure ou plus, ce qui demande un effort pour soutenir l'attention et prendre des notes. S'ensuit une discussion avec le chargé de cours et un nouvel effort pour structurer sa pensée, prendre la parole.

En préparation du cours suivant : de la lecture, prise de notes et discussion avec le directeur.

Chaque promotion est différente, mais dans les deux premiers jours je suis en mesure de déceler celui, ou celle, qui en sera la locomotive. Je considère n'avoir pas réussi mon travail quand un militant ne s'est pas du tout exprimé durant les quatre semaines. Quelque part j'ai loupé quelque chose !

Les trois cours sur la politique du PCF, sa vie, son organisation et son histoire depuis 1920, sont assurés par des membres de la direction nationale, dont le très respecté et aimé Gaston Plissonnier -dirigeant de la Résistance pendant l'occupation nazie-.

Il y a parfois des discussions très soutenues, surtout en économie. Ainsi l'analyse que je ne partage pas du tout selon laquelle le capitalisme n'a plus besoin de guerre pour assurer sa suprématie.

Au sujet de la construction européenne, les discussions sont empreintes d'inquiétude lorsqu'on aborde le futur traité de Maastricht (1992).



Il s'agit d'abandonner notre souveraineté nationale pour passer sous les fourches caudines du marché en voie de mondialisation.

Nous savons que la France est l'un des pays au monde où la législation du travail et la protection sociale des salariés et des retraités sont les meilleures. Nous comprenons que l'un des objectifs de ce traité est d'abaisser, coûte que coûte, la valeur de la force de travail.

Je m'interroge : Pourrions-nous connaître, dans dix ou vingt ans, le bol de riz en France ?

Les camarades doutent que la rémunération du travail puisse être abaissée au point de ne pouvoir se nourrir, se vêtir et se loger correctement.

Hélas c'est l'insupportable réalité. En 2010, des salariés souvent jeunes vivent à la rue et font leurs courses à l'issue des

marchés. Certains les appellent les glaneurs. Toutes les organisations caritatives tirent la sonnette d'alarme.
Au niveau international, l'URSS (Union des Républiques Socialistes Soviétiques) vit en pleine pérestroïka (ensemble de réformes radicales) et glasnost (transparence).
Dans les années 70 et début 80, le PCF exprime inquiétudes et critiques sur ce qui se passe dans plusieurs pays socialistes, notamment en matière de politique économique, sociale, culturelle et de respect des droits de l'Homme.
C'est au nom de cette conception du socialisme que nous soutenons le processus en cours en Union Soviétique. Pas de socialisme sans une véritable démocratie.
Nous considérons qu'il faut aider Gorbatchev à réussir la pérestroïka.
C'est exactement ce que dit le Président des États-Unis, Ronald Reagan ! 
Les communistes Français souhaitent sa réussite pour plus de libertés et d'efficacité économique dans le socialisme. Les Américains souhaitent la chute du socialisme... et de l'Union Soviétique.
Où comment on peut tenir le même propos en ayant un objectif diamétralement opposé.
Ces bouleversements profonds sur la scène internationale forge mon intime conviction : rien n'est jamais définitivement acquis.
N'en déplaise aux disciples de l'économiste Américain, Francis Fukuyama, qui développe la thèse de la fin de l'Histoire, ils se trompent lourdement.

En écho à cette analyse, Arnaud l'un des chargés de cours de philo, interpelle son auditoire.
A votre avis qu'il y a-t-il de pire que le communisme ?
Il dit cela en référence aux libéraux, pour qui tous les pays dits socialistes sont des dictatures. Sa réponse est surprenante : Ce qui vient après !
Les vingt années écoulées depuis la chute du mur de Berlin et la fin de l'URSS, confirment cette analyse pertinente.
En 2008 le rapporteur spécial de l'ONU (Organisation des Nations Unies), Jean Ziegler, révèle que plus de 2 milliards d'humains vivent dans une extrême pauvreté. Les prix du blé et du riz ayant augmenté de 60% en quatre ans.
En 2010, 15.000 enfants de par le monde meurent de faim... chaque jour !

Une fois passé les festivités du vingtième anniversaire de la chute du mur de la honte (Novembre 2009), j'ai cherché l'implantation d'autres murs. Douze pays en ont érigé.
En Europe, aux États-Unis, en Asie... ils s'alignent sur plus de 15.000 kilomètres !
Dans l'horreur et la honte, celui de Gaza crée une véritable prison à ciel ouvert dans laquelle s'entassent un million et demi d'êtres humains, soumis à une machine de guerre infernale. Ce peuple Palestinien à qui la communauté internationale dénie le droit à une Patrie.
La responsabilité des États-Unis et de l'Europe est écrasante dans cet apartheid de nature coloniale.
De façon générale, la construction de ces murs répond à une même logique : celle d'un repli sur soi, alors que la libre

circulation des Hommes et des marchandises est encensée par le monde libre.
Hier, dictature dans tous les pays au-delà du rideau de fer.
Aujourd'hui et demain partout dans le monde : démocratie, ou tendance lourde à l'autoritarisme pouvant conduire au totalitarisme ?
Le zoo socialiste ou la jungle capitaliste, comme le chantait Jean Ferrat en 1991 ?

## Rencontre privée

Dans le même temps (1989) se déroule un bouleversement d'ordre privé.
Même devenue chose courante dans nos sociétés, mettre fin à son couple n'est pas une décision qui se prend à la légère.
Michèle entre dans ma vie avec son fils Gabriel, lequel bien des années plus tard deviendra ingénieur informaticien.
Nous serons très fiers de la réussite, dans leurs études, de nos enfants respectifs.



## Au Palais

Cette expérience passionnante achevée, à Draveil, j'accepte la proposition du parti de remplacer le secrétaire général du groupe communiste au Sénat.
En moins de quinze jours je m'aperçois que je supporte mal cette ambiance feutrée si particulière du palais du Luxembourg, aux antipodes de la vraie vie des salariés.
De plus, je n'ai aucune formation en droit.

Mon prédécesseur, familièrement prénommé Momo, m'affranchit au sujet de mes nouvelles fonctions. Il me présente aux différents directeurs de service, ainsi qu'à tel ou tel sénateur (Charles Pasqua et d'autres...)

Quelque chose me gêne dans sa sympathie à l'égard des élus de droite et de leur staff.

J'en fais part à la Présidente du groupe.

Pour l'anecdote, elle occupe le siège de Victor Hugo dans l'hémicycle.

Momo a de grandes qualités. J'ai le pressentiment qu'un jour il siègera au Parlement, mais pas au sein du groupe communiste.

Ah bon !

Devenu député UDF, ses amis de l'UMP l'appelle volontiers : Momo la girouette !



Que ne faut-il renier pour assouvir ses ambitions de maroquin...lesquelles seront satisfaites en novembre 2010.

Deux sénateurs m'ont marqué durant cette session parlementaire pendant laquelle j'ai travaillé au groupe communiste.

Charles Léderman, grand résistant et organisateur de réseaux de sauvetage d'enfants juifs, avocat au barreau de Paris, dirigeant national du PCF.

A la tribune son autorité morale m'impressionne. Ses adversaires politiques ne le chahutent jamais. Doté d'une capacité de travail remarquable, il peut siéger des parties de nuit en séance.

Le Président du Sénat, Alain Poher souffrant et ne pouvant plus présider les séances. Pénible image du deuxième personnage de l'État tant diminué par la maladie.

## N'y allez pas !

Le Président de la République a choisi, en 1988, pour Premier ministre Michel Rocard, lequel en 1968 affirmait avec d'autres, pouvoir renverser de Gaulle : la révolution est au bout du fusil et dénonçait le manque d'élan révolutionnaire du PCF et de la CGT.

Il a bien changé depuis ! C'est un homme inventif : la CSG en 1990 et, en 2009, la taxe carbone qui fort heureusement n'est pas appliquée.

Je le considère comme l'un des plus grands taxologues pour faire payer le plus possible de Français. Premier ministre, il se veut réaliste et moderne en validant l'idée chère à la droite et aux grands patrons qu'on ne peut pas faire autrement.

Nous allons appeler cette posture : la pédagogie du renoncement. Regardez, on a essayé mais on ne peut pas changer l'économie.

En ce début d'année, il lui échoit une très lourde responsabilité. Faut-il aller faire la guerre en Irak ? Les consultations vont bon train. La Présidente du groupe communiste le supplie de ne pas engager notre pays dans un tel conflit : De grâce, n'y allez pas !

Le 16 Janvier 1991, le Parlement se prononce en faveur de l'engagement militaire français dans le Golfe. Les sénateurs votent à 290 voix pour et 25 contre, dont les communistes. L'opération Tempête du désert débute le lendemain.

Il s'agit de la plus puissante opération interalliée depuis 1945 : 28 pays et 600.000 hommes sont engagés. 85.000 tonnes de bombes sont déversées sur l'Irak en 42 jours.

Du jamais vu !
Bilan : 200.000 morts dont la moitié de civils.
Il est difficile d'exprimer ses sentiments lorsqu'on vit en direct, heure par heure, la gravité d'une telle situation.
Et si cette folie nous engage dans une conflagration mondiale, sur fond d'intérêts pétroliers pour les occidentaux ? Je repense à l'économiste faisant son cours à Draveil. N'avait-il pas compris que la guerre est le prolongement, sanglant, de l'économie capitaliste ?
Des manifestations importantes sont organisées, mais le révolutionnaire de 68 reste sourd et aveugle.
Dans le public, circule un pin's reprenant l'expression de Jacques Prévert : quelle connerie la guerre. Au quotidien, Michèle et moi l'arborons mais constatons que nous sommes très peu nombreux à manifester ainsi notre aversion de la guerre. Si je ne suis pas inquiété, Michèle a plusieurs reprises, dans les transports en commun ou bien dans la rue est fusillée du regard tellement l'opinion publique est chauffée par les médias pour justifier cette expédition meurtrière.



## Ne nous divisons pas

Jacques Chirac est Président de la République depuis deux ans quand il décide, en 1997, de dissoudre l'Assemblée Nationale espérant un renforcement de la droite à l'issue des législatives. La gauche plurielle sort victorieuse de ces élections anticipées et le chef de l'État est contraint de nommer Lionel Jospin, Premier ministre.

Tous les adhérents du PCF sont invités, par la direction nationale, à donner leur avis sur le bien fondé de notre participation au Gouvernement.

Habitant à Vitry- sur- Seine et militant dans une cellule du quartier du 8 Mai 1945, je participe avec plusieurs dizaines de camarades à une réunion animée par Michel Germa. Ce camarade, très estimé, préside le Conseil Général du Val- de-Marne.

Un ouvrier typographe devenu Président. Un homme simple au destin extraordinaire. Il aime tellement les gens qu'il souhaite pour tous le bien et le beau et considère que la culture[10] est un besoin aussi important que l'économie.

Homme de cœur et d'ouverture, il est soucieux de respecter ce qui unit, non ce qui sépare.

Lors de cette réunion, il écoute attentivement les uns et les autres. Il est habitué à ce que dans le parti, les arguments soient développés avec force détail et conviction.



Au moment du vote à main levée, le *POUR* l'emporte, mais il comprend qu'une profonde césure se prépare au sein de notre organisation politique.

Surtout mes camarades, ne nous divisons pas, sera son message de fin de soirée empreint d'une grande tristesse.

Quelques jours plus tard, en comité de section -direction du PCF à Vitry- sur- Seine-, j'explique les raisons pour lesquelles je suis *CONTRE* la participation au Gouvernement de Lionel Jospin.

---

[10] Il sera le « père » du MAC/VAL à Vitry- sur- Seine (Musée d'Art Contemporain du Val- de- Marne.

Cela fait maintenant dix sept jours que les élections ont eu lieu et nous ne connaissons toujours pas les orientations de politique générale du nouveau Premier ministre. Par contre nous savons qu'il a participé à une rencontre de l'internationale socialiste et fera sa déclaration de politique générale après le sommet d'Amsterdam, consacré au pacte de stabilité monétaire.

A propos de celle-ci, je suis persuadé que la monnaie unique, appelée Euro, verra le jour. Mais je doute fort que le nouveau Gouvernement augmente le SMIC de 10% au 1er Juillet et réduise le temps de travail hebdomadaire à 35 heures sans perte de salaire, dès cette année.

Je ne parle même pas d'interdire les licenciements chez Peugeot et Electrolux...



Au risque de paraître ringard, je me permets d'ajouter que le capitalisme, au niveau planétaire, est toujours dans la logique d'accumulation, puis de suraccumulation du capital, pour ensuite le dévaloriser.

Actuellement il a besoin de le dévaloriser massivement pour pouvoir maintenir et, si possible, augmenter son taux de profit.

Il a besoin de dévaloriser le capital constant en fermant des usines, par exemple Renault à Vilvorde en Belgique et le capital variable en licenciant, donc en augmentant le chômage.

Officiellement, la France compte 3 millions de chômeurs. L'Europe, 18 millions.

Dans le même temps, la précarité du travail explose favorisant la dévalorisation massive de la force de travail.

La monnaie unique européenne dont on nous parle tant, sera un outil pour peser sur l'emploi et les salaires, donc pour aggraver encore plus les conditions de vie des salariés.

Après l'ouverture des frontières avec les accords de Schengen, l'abandon de la conscription, la casse de nos industries et les privatisations, la supranationalité qui amoindrit le rôle du Parlement, l'abandon du Franc ; il ne restera plus rien de notre souveraineté nationale.

Je prends en compte le puissant mouvement social de novembre- décembre 1995 contre la remise en cause des régimes de retraite avec le slogan : tous ensemble, tous ensemble, ouais ! Qui ne permet pas à nos adversaires de classe d'aller aussi loin et aussi vite qu'ils le voudraient dans la surexploitation des hommes, ce que j'appelle : le bol de riz en France.



Toutefois, la tendance lourde qui me fait prendre position *CONTRE* notre participation au Gouvernement est *LE SENS* de l'évolution de notre pays.

Quelle évolution vers plus de libertés individuelles et collectives, s'il ne nous reste plus rien de notre indépendance ?

Le risque est grand que ce soit plus de libertés pour le loup dans la bergerie.

Qu'il n'y ait plus de sécurité de l'emploi, plus de code du travail, plus de conventions collectives, plus de protection sociale, plus de droit à la retraite à 60 ans…

Je n'imagine pas que mon parti participe à la mise en œuvre d'une telle politique. Si tel est le cas nous risquerons de le payer fort cher, dans le parti, mais aussi dans l'opinion publique lors d'échéances électorales futures.

A l'issue de la consultation nationale, la majorité se prononce POUR la participation du PCF au Gouvernement de Lionel Jospin.

## Ministres...

La ministre de la jeunesse et des sports, Marie-George Buffet se bat contre le dopage dans le sport de haut niveau. Malgré son courage politique pour mener ce combat, en a-t-elle eu les moyens financiers ?

Devant les salariés d'Air France, le ministre des transports Jean-Claude Gayssot jette un froid en déclarant : Le capital a besoin de respirer.

La réponse de l'administrateur salarié -militant CGT- est cinglante : Sachez, monsieur le ministre, que lorsque le capital respire les salariés étouffent.



La vie lui donnera raison. Air France privatisée va perdre nombre d'emplois.

Le train des privatisations va s'accélérer, mais Robert Hue, secrétaire général du PCF, n'hésite pas à déclarer en 2000 : Qu'on ne nous demande pas de quitter le Gouvernement.

Ces évènements, auquel va s'ajouter l'effondrement des pays socialistes de l'Est de l'Europe, vont conduire des milliers de communistes à s'éloigner de leur parti, considérant qu'il n'est plus sur des positions de classe.

Le parti va littéralement s'atomiser et Robert Hue candidat à l'élection présidentielle de 2002 obtiendra 3,37% des suffrages !

La crainte exprimée par le Président Michel Germa, cinq ans plus tôt, se réalise.

## Un peu d'économie

J'ai employé des mots peu usités : lutte des classes, taux de profit etc...
Afin d'éviter la langue de bois, je dois éclairer mon propos.
L'expression, selon laquelle le sexe mène les Hommes et l'argent mène le monde, me plaît bien.
Donner quelques clés pour comprendre le monde dans lequel nous vivons est sûrement fastidieux mais indispensable, me semble-t-il.
Pour lever toute ambiguïté sur ce qui suit, je précise que je n'ai jamais vu un artisan seul dans son atelier, c'est-à-dire sans salarié, faire fortune. Au mieux arrive-t-il à faire vivre sa famille correctement.
Ce fut le cas pour le cordonnier Marcel, à Marsac-sur-Don dans les années cinquante. Également pour le bourrelier- sellier Lucien, à La Roche-sur-Yon dans les années quatre vingt. Il en va de même pour le maître teinturier Frédéric, à Vitry-sur-Seine en 2010.
Savoir se dégager de certaines idées fausses permet aussi de mieux appréhender l'économie, à défaut de l'aimer.
Considérer qu'il y a toujours eu des riches et des pauvres n'a jamais aidé à lutter pour qu'il y ait moins de pauvres, bien au contraire.
Que dire du fameux : travailler plus pour gagner plus, ou bien encore du coût du travail.

Énoncer : le Soleil se lève à l'Est et se couche à l'Ouest est une réalité apparente, mais une idée fausse depuis que l'on sait que le Soleil ne tourne pas autour de la Terre. Cependant, combien de centaines de millions d'être humains croient toujours que le Soleil tourne autour de la Terre, puisqu'ils le voient quotidiennement ?
Je peux penser que la baleine, avec le requin, fait partie des gros poissons. Biologiquement mon idée est fausse car, en tant que mammifère, elle est plus proche cousine d'une grosse vache que d'un gros poisson.
Il en va de même pour l'économie.
Dans ma vie de syndicaliste j'ai souvent entendu : On travaille pour le prix qu'on est payé. Si nous avions de meilleurs salaires, nous travaillerions davantage.

Ces salariés émettaient une idée fausse, ignorant qu'ils travaillaient gratuitement une partie de la journée.
Au milieu du XIX^ème^ siècle, dans l'Angleterre industrialisée, Karl Marx observe et étudie les conditions de travail d'hommes, femmes et enfants qui triment quatorze heures par jour dans les fabriques ! Personne avant lui n'avait entrepris de telles recherches.
Ses travaux d'économie le conduiront à mieux comprendre le système de production basé sur l'exploitation de l'homme par l'homme. Ses découvertes scientifiques seront fondamentales et visionnaires. Décrire le début et la fin du *process* de production peut aider à y voir clair.
La production est l'acte fondamental de la vie économique et sociale. Un pays qui n'aurait plus d'activité industrielle verrait son avenir compromis.

Dans notre système économique tout s'achète et se vend, à commencer par la force de travail qui est l'ensemble des facultés physiques et intellectuelles d'une personne. On parle d'ailleurs de marché du travail lorsque le chômeur recherche un emploi.
Comme le salarié ne possède pas les moyens de production-usines, machines, matières premières...-, il vend sa force de travail pour vivre.
La valeur de la force de travail est déterminée par le Temps de Travail Socialement Nécessaire à sa production (T.T.S.N.).
La valeur de la force de travail se définit par rapport à la valeur des marchandises nécessaires à l'entretien du salarié et celui de sa famille : se nourrir, se vêtir, se loger etc...
Cette valeur minimum nécessaire pour la reconstitution de la force de travail s'appelle : le salaire.



La plus-value, est la valeur supplémentaire produite par le travail du salarié que le propriétaire des moyens de production, l'employeur, s'approprie gratuitement.
Prenons l'exemple d'une journée de travail de sept heures. Admettons que les trois premières heures correspondent au TTSN pour reconstituer sa force de travail, les quatre heures suivantes constituent la plus-value, ou travail gratuit.
La plus-value résulte de l'exploitation des salariés -manuels et intellectuels- par les détenteurs des moyens de production, appelés couramment les capitalistes.
Cette plus-value est la source des profits. Elle en permet l'accumulation.
Imaginons une ligne horizontale de sept centimètres. Un centimètre correspondant à une heure de travail. Dans

l'exemple ci-dessus, le curseur se situe à trois pour le TTSN et quatre pour la plus-value.

Si le salarié travaille plus de temps par jour, par semaine, par an, sans diminuer sa cadence et de surcroît s'il part en retraite à 65 ans, au lieu de 60, le curseur va se déplacer sur la gauche : par exemple deux heures de TTSN au lieu de trois et ainsi l'employeur va obtenir davantage de plus-value : cinq heures au lieu de quatre.

A l'inverse, si le salarié lutte pour réduire son temps de travail, sans augmenter les cadences, passant de quinze jours de congés par an à trois semaines, puis quatre et cinq, le curseur va glisser vers la droite et l'employeur obtiendra, peut-être, trois heures de plus-value au lieu de quatre ou cinq.

L'ensemble, Temps de Travail Socialement Nécessaire pour reconstituer sa force de travail et plus-value, prend le nom bien connu de : valeur ajoutée.



Ce rapport de force permanent, au fil des siècles, exprime des intérêts inconciliables. D'un côté, la classe de ceux qui vendent leur force de travail pour vivre et faire vivre leur famille et de l'autre, les propriétaires des moyens de production.

La conscience de l'exploitation capitaliste et la recherche de solutions pour vivre mieux conduit à un antagonisme : la lutte des classes.

Cette exploitation dégage du profit. Le capitaliste peut l'investir pour moderniser l'outil de travail et soulager la peine des salariés, à condition de ne pas augmenter les cadences. Il peut créer des emplois, participer au développement de sa commune, de son département, de sa région, de son pays en payant la taxe professionnelle.

Mais il peut aussi investir à l'étranger, ou spéculer en bourse, ou faire un tour au paradis... fiscal !
Le profit et le taux de profit traduisent la rentabilité des choix de gestion capitaliste.
Taux de profit : voilà bien une expression que l'on entend, ni ne lit, dans les médias tellement elle doit être taboue.
Tout le système économique fonctionne les yeux rivés sur le taux de profit, lequel a tendance à baisser si le taux d'exploitation des salariés n'est pas accentué.
Marx lui donnera le nom de : loi de la baisse tendancielle du taux moyen de profit.

## Cercles vicieux...



Le 7 Février 2006 au matin, trois informations suscitent ma curiosité. Après analyse, je constate qu'elles sont l'expression concrète de la recherche permanente du taux de profit et si possible de son augmentation.

- Les salariés de Valéo passent aux prud'hommes de Grenoble suite au licenciement de 270 d'entre eux trois ans plus tôt. Cette année-là, Valéo délocalise au Maroc et fait... 42% de profit !
- Aux chantiers navals de l'Atlantique à Saint-Nazaire, des ouvriers Polonais sont payés -sous-payés- cinq euros cinquante de l'heure et travaillent jusqu'à soixante heures par semaine !
- Les dividendes d'actionnaires des entreprises du CAC 40 -40 plus grandes entreprises françaises cotées en bourse : Axa, Bouygues, Danone, L'Oréal, Total...- ont,

en 2005, progressé de 50%, soit 25 fois plus que l'inflation !

Les dix patrons les mieux payés du CAC 40 ont perçu en 2009, année de grande dépression économique, une rémunération mensuelle de 280.000 euros. Dans le même temps le smicard recevait 1.345 euros brut.

Dans les années soixante dix, nous proposions l'échelonnement des grilles de salaire de un à huit -la valeur de la force de travail d'un ingénieur devant être plus élevée que celle de l'ouvrier spécialisé-.

Socialement, rien, absolument rien ne justifie qu'un PDG se rémunère deux cent fois plus que son salarié payé au SMIC, sauf à considérer que les actionnaires le paie en fonction de ses capacités à licencier, à dégraisser, à restructurer pour obtenir, chaque année, un taux de profit supérieur à celui de l'année précédente.



Exiger un salaire maximum serait une mesure de justice sociale au moment où les riches le sont toujours plus, pendant que huit millions de Français vivent sous le seuil de pauvreté.

En 2006, les bénéfices cumulés de ces 40 groupes dépasseront cent milliards d'euros.

Ces entreprises versaient entre 25 et 28% de leurs bénéfices, en dividendes, à leurs actionnaires chaque année. Elles en versent désormais entre 35 et 40%, pendant que les salariés n'obtiennent pas 2% d'augmentation. Dans ces entreprises, l'emploi n'a cessé de diminuer.[11]

[11] Source : l'Humanité Dimanche.

Ils disent que la crise est là, mais nous on veut bien la partager avec L'Oréal qui a fait 2 milliards d'euros de bénéfices en 2009 et dont les actionnaires vont en empocher la moitié.
Je ne comprends pas qu'on travaille pour l'actionnaire et qu'on ne laisse rien à l'ouvrier. Je n'aime pas l'injustice. Elle est de plus en plus grande.
Ainsi s'exprime Laurence, ouvrière dans l'une des usines de ce groupe.
Depuis le début des années 1980, la part des revenus du travail a baissé dans la plupart des pays de l'union européenne et se situe, en 2008, à des niveaux historiquement bas.
La part de la valeur ajoutée consacrée à la rémunération du travail a chuté de plus de 9% en France, le curseur s'est donc déplacé à gauche, ce qui représente, rapporté au P.I.B. (Produit Intérieur Brut) de 2007, plus de 160 milliards d'euros qui ont échappé aux salariés... mais pas aux traders et autres prédateurs financiers.
Dans le même temps, les dividendes versés aux actionnaires ont explosé passant de 4 à 12% de la masse salariale.
Ce rouleau compresseur crée un vrai tsunami social !
La mondialisation de l'économie, Chine comprise, a pour but de maintenir coûte que coûte le taux de profit, voire de l'augmenter en licenciant et en délocalisant dans des pays à bas coûts salariaux.
L'exemple de Big-Chief est édifiant. Avant 1960, la production se réalise à Paris intra-muros. Ensuite en Vendée, puis au Portugal...

En 2010, les vêtements sont fabriqués au Sri-Lanka, par exemple, par des ouvrières dont la rémunération s'élève à 80 euros pour 200 heures de travail mensuel.

C'est pour contrebalancer la baisse tendancielle du taux moyen de profit que les capitalistes ont investi les marchés financiers, pensant que l'argent peut créer de l'argent et ignorant, volontairement, la démonstration de Marx selon laquelle la plus-value ne peut être extraite que du travail vivant : les hommes et les femmes.

En 2009, les financiers qui vivent grâce aux richesses produites par les salariés du monde entier, se sont refaits une santé en détruisant 30 millions d'emplois, dont 4 millions 600.000 en Europe. 400.000 en France.

Ces chiffres colossaux, mais néanmoins abstraits ne le sont plus quand chaque famille, ou presque, se trouve concernée. Nos deux fils, avec bac + 5, connaîtront le chômage !



L'injustice mondiale est le résultat de la compétition capitaliste où le plus fort amasse d'énormes profits et où les faibles ne font que lutter pour ne pas mourir.

Par exemple, nous avons les connaissances pour éradiquer le paludisme de par le monde, mais personne n'investit l'argent nécessaire pour combattre ce fléau.

Par contre, il y en a beaucoup pour sauver les banques.

Que des salariés trouvent inadmissible que leur employeur licencie alors que les profits sont énormes, je les comprends. En 2009, Total amasse 8 milliards d'euros et veut licencier 820 salariés en 2010 et envisage de délocaliser une partie de sa production pour être raffinée en Arabie saoudite et en Asie.

Sans me faire l'avocat du diable... cette entreprise ne peut faire autrement si elle veut maintenir, ou augmenter, son taux de profit.
Là, réside le point nodal du système capitaliste !
Depuis au moins 25 ans, pour augmenter la rentabilité du capital, les entreprises ont mis une pression constante sur les salariés. Elles ont massivement supprimé des emplois, 2 millions dans l'industrie, se sont opposées aux hausses de salaires, ont dévalorisé les qualifications, développé la précarité,[12] tout en n'investissant pas assez dans les moyens de production.

## ... Ou vertueux

Il s'agit désormais d'inverser la tendance en valorisant le travail pour assurer un développement humain durable et satisfaire des besoins fondamentaux : nourriture, vêtements, logement, santé, transports, culture, communication, sans oublier la préservation de notre planète.
Suis-je illuminé (par Saint Marx !), doux rêveur, utopiste, ou révolutionnaire, en voulant baisser le taux de profit des entreprises pour répondre aux besoins des peuples ?
Les esclaves ont-ils eu raison de se battre pour se libérer de leurs chaînes, alors que l'esclavage était légal, encadré par le Code noir de Louis XIV ?



[12] Aucune autre personnalité que madame Parisot, présidente du MEDEF, n'a mieux résumé cette situation : « La vie est précaire, l'amour est précaire, pourquoi le travail ne serait pas précaire » !!!

Les Résistants qui ont combattu jusqu'à en mourir, dont le jeune communiste Guy Môquet, étaient-ils des terroristes, ou avaient-ils raison de se battre pour la liberté de leur pays et celle des générations à venir ?
Il est insupportable qu'au nom du marché libre mondialisé et non faussé des salariés perdent leur emploi pour qu'un petit nombre s'enrichisse à milliards.
Qu'un président de la République soit à leur entier service est tout aussi insupportable, alors qu'un chef d'État doit garantir l'intérêt du collectif au-dessus des intérêts particuliers.

Telle est la cruelle réalité de la guerre économique mondiale !



La grave crise économique et financière, débutée en 2007-2008 aux États-Unis, rendent les analyses de Karl Marx d'une grande actualité.
Un autre personnage de renom, l'Américain Jack London connu pour ses romans : Croc blanc, Martin Éden, le Fils du loup, ou, l'Appel de la forêt... écrira en 1908 : le Talon de fer. Cet ouvrage de fiction sera publié en France en 1923.
Pour avoir exercé plusieurs métiers pénibles, Jack London éprouvera dans sa chair la peine et la souffrance. A partir des travaux de Marx, il fera partager aux autres ses émotions et présentera en langage simple et clair les questions les plus abstraites de l'économie capitaliste.
Plus près de nous dans l'Histoire, Martin Luther King avait eu une juste vision des choses en déclarant : Marx nous a mis en garde contre le danger que constitue le profit, quand cette motivation est l'unique fondement d'un système économique.

## La violence sociale

Il ne peut y avoir la moindre complaisance avec de tels comportements, dixit l'homme de confiance du président de la République à l'adresse des ouvriers qui voient leur vie brisée, leur avenir s'écrouler par les licenciements ou fermetures d'usines : Continental, Molex, Caterpillar, Arcelor Mittal, Madrange...

Qu'ils retiennent quelques heures leur patron, pour obtenir des négociations, ou ne peuvent contenir leur colère en s'en prenant au mobilier de la sous-préfecture de Compiègne, les voilà traités de terroristes potentiels et traduits en justice !

Oui, la colère des salariés en lutte pour sauver leur emploi est totalement légitime. Ils devraient recevoir la légion d'honneur pour défense du patrimoine industriel français, au lieu d'être condamnés par la justice !

Par contre, cet ancien ministre n'a pas eu un mot pour évoquer la détresse des salariés licenciés, encore moins pour diriger son courroux vers les golden parachutes et autres stock-options que s'octroient les dirigeants des grandes entreprises, considérant que leurs salariés sont toujours la variable d'ajustement.

C'est dans leurs conseils d'administration que réside la violence sociale.

Le management par la terreur conduit au même résultat qu'au Japon dans les années quatre vingt.

Les 35 salariés de France Télécom ayant mis fin à leurs jours, sont le résultat tragique de cette violence devenue insupportable.

Au bal des hypocrites, grands patrons et ministres se partagent la direction de l'orchestre.

Ma révolte reste intacte face à ce monde d'injustices et de misère.
Doit-on considérer qu'il n'y a pas de limite à l'exploitation capitaliste ?
La seule que je connaisse réside dans la lutte collective pour vivre mieux et faire vivre sa famille.
L'Histoire nous a appris que les grandes crises économiques ne font pas forcément les grandes réformes, ou les révolutions, mais peuvent enfanter des monstres. La crise de 1929 ne s'est-elle pas terminée... en 1945 ?



## La productivité

Plutôt qu'augmenter les salaires, il s'agit d'en finir avec les 35 heures, en libérant les heures supplémentaires. Le seul moyen pour les Français de voir leur pouvoir d'achat augmenter étant de travailler plus.
Je traduis : le déséquilibre du partage de la valeur ajoutée entre travail et capital s'accentuera un peu plus en faveur du capital. Ou pour être encore plus clair : vous travaillerez plus, pour que mes amis du CAC 40 gagnent plus.
En s'exprimant ainsi, le futur président de la République ignorait-il qu'entre 1970 et 2000 la productivité avait augmenté de 83% ?
En 2006, le salarié Français produisait 60.000 euros de valeur ajoutée, pour 53.000 par Britannique et 50.000 par Allemand.

Dit autrement, pour une même quantité de marchandises produites, le salarié Français a besoin de travailler moins longtemps.

A ce jeu (pas du tout cocardier), nous sommes médaille d'or !

Août 2007, je discute avec notre banquier. Je suis stupéfait d'apprendre que cette entreprise obtient des gains de productivité de 17% par an, depuis dix ans.

Je soutiens l'idée révolutionnaire que la génération des quadras pourrait travailler, en 2010, 32 heures par semaine sans diminution de salaire, pour atteindre les 30 heures en 2020, eu égard aux 40 heures obtenues en 1936 et à l'évolution régulière des gains de productivité.

Sinon, ceux qui se lamentent sur la France paresseuse peuvent nous faire revenir au XIX$^{ème}$ siècle en travaillant quatorze heures par jour, sept jours sur sept... jusqu'à soixante dix ans.



Sur cette question, pourquoi les politiques et économistes bien en cour dans les médias, ne parlent-ils jamais des gains de productivité ?

Mon père a travaillé cinquante ans (de 13 à 63 ans). J'ai travaillé quarante six ans (de 14 à 60 ans). Je soutiens que la génération de nos enfants pourrait travailler trente sept ans (de 23 à 60 ans, compte tenu des études), sans mettre en péril le financement des retraites par répartition.

A raison de 2,50% de gain de productivité par an, cette génération créera en fin de carrière le double de richesses qu'à son entrée sur le marché du travail.

Est-ce révolutionnaire d'affirmer le droit à la retraite, à taux plein, à 60 ans et à 55 ans pour les mères de famille et les métiers pénibles ?

Quel intérêt de voir notre PIB doubler tous les vingt ans, s'il n'en résulte qu'une régression sociale ?
Le président de la République répète à l'envi, que le coup de massue qu'il compte porter au système des retraites est un marqueur de son quinquennat. Certains dans son entourage déclarent : la retraite est la mère de toutes les batailles !
Il s'agit bien d'une bataille politique contre le peuple et non d'une nécessité économique.
Les prédateurs financiers, banques et assurances, lorgnent les profits à réaliser dès lors que les jeunes de trente ans devront économiser, si possible, pour obtenir un capital… quarante ans plus tard !
La retraite par capitalisation, au lieu de la solidarité entre générations, est l'objectif inavoué visant à faire plier le peuple aux exigences de la rentabilité du capital.

Les Français ont à choisir entre la peste ou le choléra, alors que les richesses créées devraient servir l'intérêt général et non être accaparées par les capitalistes.
C'est cela la lutte des classes ! Ce n'est pas une invention, elle est factuelle. Il ne suffit pas de la nier pour qu'elle cesse. Renoncer à la mener équivaut pour les salariés à se livrer à l'exploitation permanente, voire à la surexploitation et ce partout dans le monde. L'archi-milliardaire américain Warren Buffett a parfaitement résumé la situation :
C'est une guerre entre riches et pauvres, que nous sommes en train de gagner ![13]

[13] Dans les grandes manifestations contre la casse des retraites, en 2010, beaucoup de jeunes illustraient à leur manière d'autres expressions en portant des

Travailler mieux nécessite d'investir dans l'éducation, la formation professionnelle, l'enseignement supérieur, la recherche-développement et les nouvelles technologies.
Ces mêmes la-menteurs qui nous dirigent, réduisent toujours plus les moyens dans ces différents domaines et, avec nos impôts, arrosent copieusement les trusts et autres banques.

## Les perles du cynisme

Certains salariés se sentent attaqués personnellement. Or, ce n'est pas d'eux qu'il est question mais de leur fonction. Il ne faut jamais confondre l'être et le statut.
S'est-il posé ces questions le DRH (Directeur des Ressources Humaines) de cette entreprise française qui travaille dans le monde entier.
Est-ce le statut dont on saisit les meubles et qui doit régler les courses à la caisse du hard discount ?
Est-ce le statut qui s'angoisse pour le quotidien et l'avenir des enfants ?
Les difficultés des ménages peuvent s'accroître avec la crise, mais celle-ci peut permettre de modifier certains comportements. Il faut apprendre à gérer un budget et à mieux dépenser.
Ces propos tenus par une ministre, en 2009, me font penser à Marie-Antoinette : si le peuple n'a pas de pain, qu'il mange de la brioche !



---

affichettes : Je lutte des classes, ou de façon plus triviale : Pour ceux d'en haut des couilles en or. Pour ceux d'en bas des nouilles encor'.

Quel mépris pour ces Français en fin de droit [14] et toutes celles et ceux qui survivent avec moins de 800 euros par mois.
Son propos est très politique. Il fait partie des mesures idéologiques qui accompagnent une pression, sans précédent depuis 1975, sur les salariés et toutes les personnes aux revenus modestes.
L'objectif de supprimer 700.000 emplois en France en deux ans -2009 et 2010- doit s'accompagner de culpabilité chez les victimes.
Ce sont ceux qui ont le moins qui consomment trop !
Qu'ont-ils fait de leur argent les milliers de privilégiés protégés par le bouclier fiscal et à qui l'État a signé des chèques dépassant les 100.000 euros ?
Où sont donc passés les cinq fruits et légumes par jour, dont on nous a rebattu les oreilles, pour manger équilibré et qui sont hors de prix ?
Désormais, les cent millions de repas distribués par les Restos du cœur (pour mémoire, la première année, en 1985, six millions de repas avaient été servis), constitués de patates, pâtes, riz et cassoulet premier prix, sont bons pour la santé.
Ce chiffre, un record, équivaut à nourrir par la solidarité et le travail des bénévoles durant tout l'hiver 2009-2010, l'équivalent de la population de Nantes, soit 300.000 personnes.
C'est une honte nationale pour l'un des cinq pays les plus riches de la planète.



[14] Je considère cette expression comme le summum du cynisme politique, en ce que la personne n'existe plus socialement.

## Le bol de riz

Le printemps 2010 a un goût amer pour les peuples européens, lesquels sont invités à payer une seconde fois les conséquences de la crise. La Grèce, l'Irlande, le Portugal, l'Espagne (et qui demain ?) sont déstabilisés parce qu'aux yeux des banquiers et des agences de notation, leurs dettes publiques sont trop élevées.

Étrange paradoxe : les principaux États européens sont mis en accusation par les marchés financiers (la fameuse main invisible)… qu'ils ont contribué à sauver !

La seule réponse proposée à ces attaques en règle est un programme de régression sociale[15] sans précédent depuis la seconde guerre mondiale : un Munich social inacceptable pour les salariés.



Fin des années quatre vingt, j'avais émis l'idée du bol de riz en France. Je crois que tendanciellement on s'y achemine à grands pas. S'ils pouvaient abaisser la moyenne des salaires à 800 euros et les retraites à 400, les capitalistes maintiendraient un haut niveau de taux de profit, tout en délocalisant moins en Asie et ainsi se convertiraient en de vertueux écolos, économisant des milliers de kilomètres aux marchandises.

[15] L'un des idéologues du MEDEF, Denis Kessler, n'a pas hésité à déclarer : « Le programme du gouvernement est clair : il s'agit de défaire méthodiquement le programme du CNR (Conseil National de la Résistance). »

## Les femmes

Été 2006 : retraité depuis deux ans, je redécouvre la capitale en suivant le Paris des peintres. Au gré de mes ballades, je la découpe en neuf grands quartiers : le Paris populaire, le Paris marchand, le Paris royal, le Paris- sur- Seine, le Paris académie, le Paris artiste, le Paris expositions, le Paris bourgeois et le Paris plaisir.

Je remonte le temps jusqu'en 1612, avec Claude Chastillon peignant la place des Vosges à l'occasion des fiançailles de Louis XIII avec Anne d'Autriche.

Mon voyage se termine par un tableau du florentin Sergio Birga, réalisé en 1976, intitulé Votre argent m'intéresse : peinture critique de l'argent roi, avec le célèbre trou des Halles, qui fit scandale.



En musardant sur la butte Montmartre, je réalise que l'impressionnisme, le pointillisme, le fauvisme et le cubisme sont nés en ce lieu, à la réputation internationale.

Que du bonheur !

Cette digression achevée, en ce mois de juin chaud et ensoleillé je prends le métro. Dans le ventre de la capitale la température frôle les 30°.

Entre Italie et République, une femme avec un enfant dans une poussette prend place dans la rame.

J'ai peine à réaliser ce que je vois. Son vêtement noir, ample, traîne jusqu'au sol. Elle a les mains gantées. A l'exception des yeux, impossible de lui voir une parcelle de peau.

Stupéfait, je me remémore la tenue des Algéroises quarante ans plus tôt.

Deux semaines s'écoulent. Il fait toujours aussi chaud. Ma femme et moi faisons nos courses à l'hyper marché de Vitry-sur- Seine. Deux femmes tout aussi voilées déambulent dans les allées, avec un petit dans une poussette. D'autres en mini jupes, ou pas, les interpellent vivement : Que faites-vous dans cette tenue ? Ici vous êtes en France. Allez en Iran ou en Afghanistan si vous voulez.

Nous sommes Françaises comme vous et avons la liberté de nous habiller comme on veut. Vous êtes des chiennes à montrer vos seins et vos culs comme vous le faites !

Voyant que la situation peut dégénérer à tout moment, Michèle, la militante, n'hésite pas un instant et parle avec ces deux femmes -somme toute très à l'écoute-.

Au nom de votre religion, que je respecte, vous pensez être libres mais en réalité vous êtes soumises à des hommes qui ne veulent surtout pas que vous réfléchissiez par vous-mêmes. En vous exposant ainsi vous êtes de gré, ou de force, des militantes de l'obscurantisme, de l'intégrisme. Vous desservez la cause des femmes, mais par contre, vous faites le jeu des hommes qui ont une vision totalitaire de la religion pour asseoir leur autorité sur vous et vos enfants.



Savez-vous que le port du voile symbolise l'oppression de la femme et que sur quatorze siècles d'histoire de l'Islam, il y en a eu treize où il ne se portait pas ? C'est durant le vingtième siècle qu'il a été imposé.

Si vous pouviez faire que le vingt et unième vous libère plutôt qu'il ne vous emprisonne, ce serait bien pour vous, pour les femmes et pour toute la société.

!!!

Coïncidence ou pas ? Nous n'avons plus rencontré cette situation dans ce magasin jusqu'en 2009, année où il sera question d'autoriser, ou pas, le port de la burka en France.

Comment au nom d'une religion, des hommes peuvent-ils soumettre des femmes à une telle régression en ce début de troisième millénaire ?

La vie privée peut-elle se dissocier de la vie en société ?

Ne vivons-nous pas dans un contexte économique, social et politique inquiétant de remise en cause des droits des femmes et de leurs acquis, partout en Europe et dans le monde ?

Les droits des femmes participent des droits humains fondamentaux sans lesquels aucune société ne peut se considérer comme juste, égalitaire et démocratique. La nôtre prône l'efficacité et la réussite, surtout au travail. Il faut être le meilleur. L'individualisation à tout crin participe de cette démarche où tous les coups sont permis, ou presque.



Au travail, rien de plus normal qu'un chef se montre agressif, voire même pervers en prenant son pied quand il peut humilier, surtout des femmes.

La violence verbale, le harcèlement sont devenues des pratiques courantes dans les entreprises.

L'accès aux responsabilités pour les femmes relève, bien souvent, du parcours de la combattante.

Je sais que les choses n'ont pas beaucoup évolué positivement. C'était symptomatique de voir dans les entreprises de Vendée à forte main-d'œuvre féminine, les ouvrières accéder aux responsabilités de maîtrise -encadrement sur les chaînes de fabrication- ; alors que les postes de direction étaient toujours occupés par des hommes.

Quant aux discriminations salariales, force est de constater que les mesures annoncées par le président de la République, en 2007, n'ont eu aucune efficience. Les femmes continuent de percevoir, à travail égal, des salaires inférieurs de 24%.

Elles sont majoritairement payées en dessous du SMIC avec des temps partiels imposés, notamment dans la grande distribution, les services à la personne... ce qui génère pauvreté et sous-emploi féminin.

Les femmes perçoivent des retraites de misère. Plus de la moitié vit avec moins de 900 euros par mois.

Le partage des tâches ménagères ? Les hommes ne s'y bousculent pas ! Les femmes passent quatre fois plus de temps qu'eux à faire le ménage et deux fois plus à s'occuper des enfants. Le congé parental pris par... 2% des pères illustre cette inégalité séculaire.



Celle-ci imprègne aussi la vie politique. La récente création législative des conseillers territoriaux atteste, une fois de plus, qu'au-delà des discours des hommes politiques -expression sexiste - la place des femmes en politique, à parité, est toujours à conquérir.

La loi seule ne suffira pas à faire évoluer les mentalités, ne dit-on pas qu'elles sont des prisons de longue durée ?

Revendiquer et lutter pour l'égalité entre les femmes et les hommes dans la sphère privée comme dans la vie professionnelle, politique, sociale c'est être féministe. Alors, je le dis avec fierté : je suis féministe !

## Réflexions sur l'avenir

Samedi 13 Mai 2006 à Paris. Michèle, Patrick et moi, participons avec environ deux cents personnes, à une rencontre sur le thème : La planète en surchauffe.

A la tribune, prennent place des scientifiques dont Jean Jouzel, géochimiste et climatologue. Il sera co-prix Nobel de la paix en 2007.

L'invité d'honneur est Nicolas Vanier. Il revient de son odyssée sibérienne, en traîneau à chiens, longue de 8.000 km à travers montagnes, toundra et taïga du lac Baïkal, à Moscou, avec pour objectif de mesurer les effets tangibles du réchauffement climatique dans cette partie du monde.

Un journaliste anime la discussion en projetant des films tournés et commentés par l'aventurier, entrecoupés d'interventions de la part des scientifiques présents.



En assistant à cette soirée nous apprenons des choses fortes intéressantes, lesquelles nous sensibilisent encore plus quant à l'avenir de notre planète et ... de l'espèce humaine !

Avais-je entendu ce mot ? : Permafrost, cette terre sibérienne gelée depuis au moins 20.000 ans et qui décongèle avec le réchauffement climatique.

Ce permafrost dégage une quantité importante de méthane, lequel contribue fortement au phénomène d'effet de serre.

Un grand nombre d'espèces animales et végétales ne parviennent pas à s'adapter car le changement climatique est trop rapide. Nous sommes entrés dans un cercle vicieux, avec des répercussions redoutables en termes d'élévation des températures.

Tous les marins savent ce que signifie la route-collision. Nous sommes sur un bateau qui va droit sur les récifs. Dans cette situation, il y a un temps où il peut encore changer de cap et passer au large. Sil est trop près, même en changeant de cap, son inertie le conduit quand même au naufrage.
Nous pouvons encore changer, mais il nous reste très peu de temps. Entre cinq et quinze ans, guère plus... Ce n'est pas moi qui le dis, ce sont les scientifiques. La prise de conscience va croissant, c'est indéniable ; mais de la prise de conscience à l'action, il y a encore un grand pas à franchir. Un énorme pas. Presque une nouvelle odyssée... dira, entre autre, Nicolas Vanier.
Je synthétise, mais ne dénature pas, les propos tenus par les scientifiques lors de cette rencontre.
La hausse des températures, pour la fin du XXI^ème^ siècle, sera de deux à six degrés. Au-delà de deux degrés les conséquences seront véritablement catastrophiques. Pour avoir une chance de maintenir la hausse à deux degrés, il faut réduire les émissions de gaz à effet de serre d'un facteur de deux à l'échelle de la planète, d'ici à 2050, et d'un facteur de quatre pour les pays industrialisés.
Dans l'immédiat, les pouvoirs publics doivent se fixer pour objectif de réduire d'un quart les émissions de ces gaz, à échéance de 2020.
Il y a donc urgence à mettre en cohérence le temps écologique et le temps politique.
Le temps politique étant un temps court (le mandat électoral) ; le temps écologique se calculant par dizaines d'années, voire par siècles.

Dans cinquante ans, le compte à rebours sera inéluctable.

En sortant de la salle nous sommes un peu  sonnés.

Depuis cette rencontre mémorable, beaucoup a été dit et écrit depuis dont le Grenelle de l'environnement, en 2007, pour la France et le sommet de Copenhague, en 2009, au niveau mondial.

Quand le Groupe Intergouvernemental d'experts sur l'Évolution du Climat (GIEC) a rendu son premier rapport en 1990, le réchauffement climatique restait quelque chose d'abstrait, de lointain... Ces experts pensaient que les premiers changements interviendraient dans plusieurs décennies.

Il aura fallu à peine plus de dix ans pour constater qu'ils sont devenus une réalité : 300.000 personnes, par an, meurent dans des catastrophes naturelles qu'ils génèrent et de la faim qu'ils exacerbent.



La température très élevée à Moscou (40°), pendant plusieurs semaines en l'été 2010 et surtout les feux de tourbe qui ont calciné un million d'hectares en Russie en sont un dramatique exemple.

Étude après étude, les concentrations de gaz carbonique dans l'atmosphère évoluent à une vitesse inconnue depuis 20.000 ans. La température a augmenté de quelques degrés en 10.000 ans. Elle risque de s'élever de plusieurs degrés -2 à 6- d'ici la fin de ce siècle ; soit une évolution de un à cent !

Il semblerait que l'année 2010 ait été la plus chaude depuis 130 ans.

Chaque année, vingt millions d'hectares de forêts, de terres cultivables disparaissent et avec eux d'innombrables formes de vie animale et végétale. Il est terrible de savoir que dans le même temps, vingt cinq millions de personnes fuient leurs terres à cause de la famine et des aléas climatiques.

L'ONU pense qu'elles pourraient être deux cents millions en 2050.

Les dirigeants politiques en charge des affaires, dans le monde entier, sont-ils à ce point irresponsables pour ne pas anticiper ces crises en prenant les mesures qui s'imposent, ou sont-ils mus par la seule liberté du marché ? Sont-ils capables d'une vision de l'avenir de l'Humanité sur un demi-siècle, voire un siècle ; ou sont-ils scotchés au quotidien sur l'évolution de la bourse et les agences de notation ?

En d'autre terme, les pressions du marché mondialisé sont-elles compatibles avec les exigences de préservation de la planète ?

Le président de la République Française a renoncé à une vraie ambition écologique, déclarant même au salon de l'agriculture 2010 : Toutes ces questions d'environnement, ça commence à bien faire !



## Les riches polluent

Avril 2010. Explosion d'une plateforme BP (British Petroleum) dans le golfe du Mexique.

Bilan : onze morts et une marée noire qui détruit l'écosystème pour des dizaines d'années, ou plusieurs siècles.

Les actionnaires de BP n'ont pas voulu dépenser 370.000 euros pour assurer une coupure électronique en cas de fuite, quand la compagnie affiche au premier trimestre 2010, quatre milliards et demi d'euros de bénéfice.

En 2009, le pétrolier s'est opposé au durcissement des règles de sécurité régissant les forages et l'exploitation des plateformes offshore. En l'occurrence celle-ci est déclarée sous pavillon de complaisance dans un petit archipel au milieu du Pacifique. Les îles Marshall sont aussi un paradis fiscal !
Cette catastrophe écologique ne serait pas arrivée si les lobbies pétroliers n'étaient aussi influents à Washington. Ils ont arrosé de millions de dollars des membres du Sénat et de la Chambre des représentants pour obtenir cette réglementation laxiste.
Ces groupes pétroliers sont d'une telle puissance financière que les critiques d'Obama ont été quasi inaudibles : Il y a des coups de pied aux fesses qui se perdent.
Il faut dire que deux semaines avant la catastrophe, il prévoyait d'autoriser le forage en haute mer dans des zones jusque-là protégées.

Esprit de Copenhague, où es-tu ?
Autre activité polluante, le secteur des transports, qui pèse 30% de la production des gaz à effet de serre et la route en est largement responsable.
Des marchandises qui débarquent au Havre, en provenance du monde entier, 90% repartent par la route pour traverser la France et aller au Sud de l'Europe, ou à l'Est.
Qu'avons-nous besoin d'être asphyxiés (au sens propre) par ces norias de poids lourds immatriculés en Irlande, au Danemark, au Portugal et de plus en plus en Europe centrale, voire en Turquie ? Ils provoquent embouteillages monstres et, parfois, accidents mortels tellement les forçats de la route roulent à

tombeau ouvert pour tenir les délais de livraison mille ou deux mille kilomètres plus loin.

A cet égard, la situation sur l'A 86 à l'Est de Paris, qui relie l'autoroute du Nord – A1 – à celle de l'Est – A4 – et celle du Sud – A6 – est révélatrice de la politique française et européenne en matière de transport de marchandises.

Au lieu de favoriser le ferroutage SNCF pour toutes marchandises en transit, l'État laisse se développer le transport routier international et abandonne toute ambition de développement du fret ferroviaire.

Cette politique est antinomique avec les impératifs de réduction de gaz à effet de serre et de toutes les pollutions en général.

Mais qui dit camions, dit gasoil… donc pétrole.

Je doute fort que l'engagement de la France de réduire de 20%, à l'horizon 2020, les émissions de gaz à effet de serre pour le secteur des transports, ne soit jamais atteint.



Grenelle de l'environnement… paroles…paroles !

Je n'ai jamais raisonné dans le genre : après moi le déluge, mais je me demande si certains ne sont pas dans cet état d'esprit dès lors qu'ils ont de l'argent, beaucoup d'argent et se croient tout permis.

L'avenir de l'Humanité n'est pas leur tasse de thé !

## Il n'y a plus de temps à perdre

Les forêts précèdent les peuples, les déserts les suivent.

*Chateaubriand*

La désertification se définit par une dégradation des sols liée à la destruction du couvert végétal. Elle peut se produire partout où les terres sont malmenées et si les changements climatiques accélèrent le phénomène, les activités humaines restent la cause majeure de la désertification.

Toujours d'après les experts, si le phénomène se poursuit au rythme actuel, le volume des récoltes pourrait être réduit de moitié en 2050, ce qui aurait pour conséquence d'affamer le tiers de la population mondiale : soit trois milliards d'individus sur les neuf prévus.



Nous allons vers une guerre des ressources, à commencer par l'eau douce.

Les signaux d'alerte se multiplient. Tous les scientifiques s'accordent à dire qu'aux pôles l'évolution du climat est beaucoup plus rapide qu'ailleurs. Dans ces hautes latitudes, ce n'est pas seulement l'avenir de l'ours polaire qui se joue, mais l'équilibre de l'Humanité tout entière, car les changements qui s'y déroulent ont des répercussions sur le climat de l'ensemble de la planète.

La dégradation de l'atmosphère affecte tous les Terriens.

Des croisières luxueuses sont organisées pour aller admirer les icebergs qui fondent année après année, elles participent à aggraver encore plus la situation en apportant leurs lots de pollution.

De par ma formation professionnelle initiale, j'ai longtemps pensé que l'agriculture intensive était la réponse à apporter aux besoins toujours croissants pour nourrir les humains et leurs animaux domestiques. Autrement dit, j'étais favorable à l'agrochimie : toujours plus d'engrais et d'herbicides afin d'obtenir toujours plus de rendement.

Depuis une vingtaine d'années j'ai compris que j'avais tout faux !

La terre donne la vie -les micro-organismes- et à ce titre les hommes devraient la respecter, car sans elle il n'y a pas de vie possible.

Après plus d'un demi-siècle du toujours plus les terres sont épuisées, mortes. Il n'y a plus de vie biologique. C'est catastrophique pour la terre, mais pas pour les firmes de la chimie. Sans engrais chimiques... plus de récolte possible.



En 1950, les agriculteurs enfouissaient cent vingt millions de tonnes de fumier dans les sols de l'hexagone. Soixante ans plus tard : à peine trente millions[16].

Je suis favorable à l'agrobiologie, en considérant que sans vie biologique des terres arables, les désordres pour l'environnement et la santé s'accélèreront. L'humus est l'élément clé autour duquel naît la vie ; il permet à la terre de respirer, à l'eau de pluie de mieux s'infiltrer.

A ce propos, en mai 2010, je fus témoin d'une situation insolite. J'eus beau fouillé ma mémoire, je n'avais jamais vu ça !

A quatre vingt kilomètres au Nord de la Loire, dans

[16] Sources : Le livre de Coline Serreau « solutions locales pour un désordre global », et son film.

l'Arpajonnais (Essonne), un agriculteur arrosait son champ d'orge encore en herbe.

En clair, sans engrais chimique et sans eau, son rendement de céréale eut été bien faible car adepte de l'agrochimie, ses terres n'ont plus d'humus depuis longtemps.

Cet agriculteur doit pourtant savoir qu'on ne travaille pas sur le vivant comme sur des machines, car il a sa propre dynamique.

Cette situation m'interpelle. Et si, avant même 2050, les Français connaissaient des pénuries alimentaires ?

Un membre du Congrès américain a dit un jour, que ce n'était pas la peine de dépenser de l'argent pour fabriquer des armes. Il suffisait de posséder l'arme alimentaire pour avoir l'arme absolue.



Et si les OGM[17] faisaient partie de cette arme absolue ?

Ces firmes de la pétrochimie ont pour objectif de s'approprier le patrimoine génétique de la planète, qui est notre bien commun, et de faire de l'alimentation un objet de spéculation.

Spéculer sur les céréales pour affamer les populations.

Voilà bien la loi de la jungle ET du zoo capitaliste.

L'élimination des petites exploitations agricoles fait partie de ce processus et ce, partout dans le monde.

Ils veulent faire disparaître la polyculture au profit de la monoculture. Je pense à ces exploitations de plus de mille hectares au Brésil, en lieu et place de la forêt amazonienne, où

[17] Organismes Génétiquement Modifiés.

une armada de vingt moissonneuses-batteuses entrent en action, au même moment, pour récolter le soja.
Je pense aussi à Lionel et Julie, ce couple d'agriculteurs près de Marsac-sur-Don, très inquiets pour leur avenir professionnel et celui de leurs quatre enfants. Avec leurs quatre vingt dix hectares et cinquante vaches qui donnent un lait de qualité, ils savent que la commission de Bruxelles les asphyxie financièrement en leur payant le litre de lait à un prix inférieur au prix de revient, au profit des usines à lait du Nord de l'Europe où un millier de vaches pisseront le lait sans jamais voir une prairie et brouter l'herbe nécessaire à leur bonne santé.
Éliminer l'agriculture familiale au profit de l'agrobusiness peut conduire les générations de nos enfants et petits-enfants à ne plus avoir la liberté quotidienne de manger du blé (sous forme de pain, de pâte…), ou du riz ! 
Les multinationales dominent tout. Elles imposent une agriculture dont le but n'est pas de produire des aliments, mais des marchandises pour gagner de l'argent. Ce modèle d'agriculture industrielle nous emmène vers une tragédie pour l'Humanité.
Une conscience planétaire est en train de naître et peut-être qu'une Organisation Mondiale de l'Environnement (OME), ou une Organisation de Coopération Mondiale (OCM) verra le jour rapidement pour ne pas laisser l'Organisation Mondiale du Commerce (OMC) nous dominer ?
Je suis convaincu que là aussi nous devons faire acte de résistance en luttant pour une agriculture paysanne, familiale,

en polyculture et en respectant la nature ; toutes choses qu'ont su faire nos lignées d'ancêtres depuis des milliers d'années.

Étais-je génétiquement prédisposé à aimer la nature ? Je pense pouvoir écrire qu'elle est pourvoyeuse d'émotions, à condition de la respecter ; mais l'inaction, en matière environnementale, de certains dirigeants m'est insupportable.

Où nous saurons affronter les défis qui s'annoncent et répondre aux besoins sociaux et humains qui surgiront, ou le XXIème siècle sera celui des violences, des destructions.

Je me refuse à céder au fatalisme car il suscite inertie et désespoir, mais je suis très inquiet quant à l'avenir de l'espèce humaine.

Il est facile de deviner qui paiera : comme toujours, les plus pauvres et les plus vulnérables tant dans les pays industrialisés que dans ceux dits en développement.



J'ai la conviction que le capitalisme a des capacités extraordinaires d'adaptation face aux contradictions, aux crises qu'il engendre. J'ai aussi la certitude que ce mode de production est incapable de s'amender.

Il ne peut plus répondre aux besoins élémentaires des sept milliards d'êtres humains aujourd'hui, neuf milliards en 2050 et, peut-être, douze milliards dans un siècle.

# Epilogue

Novembre 2006 : Je passe la soirée avec Patrick. Il me rappelle une conversation vieille d'une trentaine d'années où mon interlocuteur vendéen faisait référence à mon parcours militant singulier, voire atypique.

Si tu avais été de droite, il n'y aurait pas eu de problème tu aurais été un type bien ; socialiste, ç'aurait pu encore passer, mais alors coco ...

Dommage... tu as vraiment mal tourné. Pourtant tes idées et ta conduite sont bonnes.

Merci, mille fois merci d'avoir rappelé cette anecdote. Tu m'as donné l'idée puis la volonté d'écrire pour témoigner.



On ne devient pas vieux pour avoir vécu un certain nombre d'années, on devient vieux quand on a perdu son idéal.

Le mien reste intact : un engagement humaniste, comme valeur universelle, pour construire avec toutes celles et tous ceux qui le veulent une société de paix, de justice sociale et de liberté.

Le 15 décembre 2010

# Sommaire

Retrouvez-nous sur notre site : www.i-editions.com

Achevé d'imprimer par ISI
Pour le compte de la SARL ©Les point sur les i

Dépôt légal mars 2012

Imprimé en France